宿敌 白夜星辰

赖继 作品

四川文艺出版社

图书在版编目（CIP）数据

宿敌. 白夜星辰 / 赖继著. —— 成都：四川文艺出版社, 2024.11. —— ISBN 978-7-5411-7017-1

Ⅰ. I247.5

中国国家版本馆CIP数据核字第20240211HU号

SUDI: BAIYEXINGCHEN
宿敌：白夜星辰
赖　继　作品

出 品 人	冯　静
责任编辑	叶　茂
封面设计	叶　茂
内文设计	史晓燕
责任校对	段　敏
责任印制	崔　娜

出版发行	四川文艺出版社（成都市锦江区三色路238号）
网　　址	www.scwys.com
电　　话	028-86361802（发行部）　028-86361781（编辑部）
排　　版	四川最近文化传播有限公司
印　　刷	成都蜀通印务有限责任公司
成品尺寸	145mm×210mm　　开　本　32开
印　　张	7　　　　　　　　字　数　170千
版　　次	2024年11月第一版　印　次　2024年11月第一次印刷
书　　号	ISBN 978-7-5411-7017-1
定　　价	58.00元

版权所有·侵权必究。如有印装质量问题，请与出版社联系更换。028-86361796

你并没有生在一个和平的时代，

你只是生在一个和平的国度。

⋮

本故事纯属虚构，请勿对号入座。

代序
小说家

像我这样职业写小说的人,离不开故事。

没有故事,就无法写出小说。

我平日里写的都是警匪和涉案题材,接触的素材多是社会阴暗面,久而久之,对我自己内心也有一定影响,外出与人交际,几乎成了难事。

昨天我托友人的福,终于走出书房,外出交际。我专门挑选了一件剪裁得体的蓝衬衫,一条黑裤,可是我却找不到一双可以拿得出手,不,穿得出脚的皮鞋。算了,就运动鞋吧,反正我是搞文艺的,自由新潮也可。

聚会宴设在"洗笔溪畔",旁边便是文脉重镇——墨砚台山。我来到宴会之所,用力推开厚重的金丝楠木门,里面群星闪耀,大咖云集,相比之下,我的打扮哪里"新潮",简直堪称"复古"!

我顿时把内心里的"新潮"撕碎了喂狗,匆忙在角落就座,用力去扯九分裤的裤脚,想拉长一点把脚踝盖住。

友人带我参加的，是本地一个"文艺局"。"文艺局"可不是什么文教部门，"文艺局"是民间的叫法，是本地主流的创作者在一起聚会，大家交流心得，彼此切磋酒量。

此地文风醇厚，酒风彪悍，自古"文"与"酒"便不曾分家，古有诗仙散人流杯相会，今有"文艺局"也正合常理之中。

据友人暗中介绍，"文艺局"常设"酒委会"，会下设多部门，分别主管敬酒、劝酒等，按照酒量大小，又分出"长老""护法"等不同职级。

我心中一惊，自己酒量微薄，难以登堂入室，恐怕能够上"两袋、三袋弟子"就不错了。

席间，新老朋友觥筹交错，兴之所至，有人提议大家伙挨个表演才艺，以助酒兴。

此提议一出，桌上掌声一片，得到多数人的拥护，我也是脑壳被酒精暴击，竟然也鼓掌附和。

于是诗人和词人举起了酒杯，挨个诵读了自己的作品。场中文风瀚渺，逸趣不穷，才子佳人，沉浸其间。

诗人小虫君与我是初次见面，其诗文清新灵动，一首《夜抄维摩诘经》，开篇便是："如果可以，我之一生，愿就在这抄写的过程中。当我抬头，已是白发苍苍。"

我听得入神，人之一生，何其短暂，一抬头间便已是白发苍苍；人之一生，又何其漫长，长得经历许多磨难，都是难熬的考验。

酒局的气氛过于热烈，诗人的诵读过于热情洋溢，让我忘记了自己即将面临的尴尬。

轮到我时，便傻了眼，又要"社死"了，我狠狠抽了自己几下，真后悔刚刚跟着附和这一提议。

现场表演才艺这类活动，诗人和词人最是拿手，可我拿什么出来表演？我总不能说，来，我给大家读一本20万字的长篇小说吧。没听完，不准走。

正当我处于尴尬境地，突然友人给我解围，说："你不是还在当编剧吗？给我们讲几个故事吧。"

我怯怯地问："讲故事也可以算表演才艺？"

友人猛地点头："没事，反正就是大家喝酒，图一乐。"

他刚说完，随即醒悟，嘱托说："对了，你别讲一些分尸案、剁尸案啊，一会儿上菜还有毛血旺和粉蒸肉。"

我问："那大家伙想听个什么故事？"

"讲点有意思的吧！"

我说："最近盗墓题材很火，我写过一套反盗墓的小说，讲讲这个？名字就叫公安干警大破盗墓团伙，活捉'胡八一'[①]！"

席间一阵起哄："没意思，没意思。"

"连反盗墓都没意思？"我寻思这伙"长老""护法"的胃口可真高。

我正踌躇间，有位德高望重的长老发言了："我看你写过不少警察破案的故事，有没有平日'少见之警察'的故事？"

诚然，我写许多不同警种的故事，有刑事侦查、缉毒侦查、文物犯罪侦查、经济犯罪侦查、大数据侦查……这些年，我发表过一些长篇小说，也播出过一些影视剧，我曾发宏愿，要把所有警种都写一遍。

那么，到底有没有比上述题材还要"少见之警察"呢？

---

① 胡八一是著名盗墓文学作品中的主人公。

我的答案是："没有。"

席间有人立马反驳："有！听说有个部门，基本上不会露脸。"

这里我要给大家交代一下，我是学法律出身，非常清楚他们说的是什么部门，这个部门确实没有太高的曝光率。

这个部门主司打击恐怖主义和极端主义犯罪，我听过很多他们的故事，这些故事堪称惊心动魄但又不为人知。

当然，为了他们的安全，和他们有关的很多信息都是保密的。

可是，保密并不等于神秘，他们也是人，是万千平凡警察中的一员，有自己的喜怒哀乐，有自己平凡而坚持的一生。

在接触他们之前，有人问过我，你相信吗，有的人，一生真的只做一件事。

或许就像上面的诗篇那样，"如果可以，我之一生，都在这个事业中度过，抬起头来，已是白发苍苍"。

我顿时陷入了深思，确实有一个新故事，那就从我一位供职在反恐部门的男同学讲起吧。

我和他在大学相识，颇有交情，毕业之后分配到了同一个城市，我依着自己的性子，应聘了电视台，而他则通过招警考试，进了省厅反恐部门。

来省城之后，我们见过几面，他在同学的聚会中像个小透明一样，不显山露水。我有意去接近他，想要了解他，他在严守纪律之下，略略吐槽了一下自己的工作活状态，就这点吐槽，哪怕是可以对外人道出的冰山之一角，我也听得暗暗心惊！

有些事，要有一辈子都站在幕后的决心和毅力。

前些日子有部剧，主人公叫吴豫，讲的是滨海国家安全局的故事，那些站在幕后的英雄，给我感触很深。

我写过很多年轻人的故事,他们有悲欢离合,也有事业梦想,可是二十多岁的少年在现实里终究会长大,人到了三十多岁才是最难的时候。

算算毕业这么些年,我和我的这位同学,已经进入了"男过三十"的中年阶段了。

有道是:"人到中年活成狗,能咬几口算几口。"

三十多岁的男人,梦想和热情已经褪去,已经被社会毒打了好几遍。

三十多岁的男人,上有老,下有小,事业处于瓶颈,工作疲于奔命。

他们内心热血已退,早就看清生活的真相。

那么,三十多岁的反恐干警,又是怎么样的状态?

我的这位同学,已经三十四岁了。他抬起头,长得有一些少年感,可是他的两鬓却已经有了几丝白发。就是这几丝白发,戳痛着我,我突然很想写下他的故事。

他的故事也表现出一个三十四岁的反恐干警身上所折射出的队伍之精神气质。

我们总是觉得这类犯罪离我们很远,那恰恰是他们在幕后做出了勇敢而艰苦的斗争,才让我们得以安然晒在太阳之下,得以安然品味着美酒佳肴。我们的相安无事和"察觉不到",恰恰是他们付出努力的直接效果。

好了,现在我要讲的这个故事,是关于一场眼睛手术,关于人和人的接力,一场生死的慢跑。

为了丰富这个故事,我特意接触过我的这位同学,可我万万没想到的是,我竟然也被卷入到了这个故事当中,成为这个故事的一部分，经历了一场惊心动魄的过程。

具体是个什么状况，此处先按下不表。

当然，这个故事的重点是"人"，而不是"案件"。我也没有办法搜集到他所经历的案件内容，包括侦破案件的手段、方法和敌人的活动手法、规律。

所以，当涉及一些案件细节的地方，我只能靠自己的脑补和虚构，或者使用曲笔。

从文艺创作的角度来说，为什么非得要用猎奇的侦破过程去吸引人？侦查机关没有必要，也不宜将自己的工作方式以及工作中掌握的敌人的情况，向观众展现得过细。

这将引出另一个需要讨论的问题，那就是何种尺度的"侦破过程呈现"，能既不对潜在犯意产生"启发"作用，又能震慑潜在犯意，发挥法治题材影视作品的正向作用？

我经过千百遍思虑，终于明白这一点，为什么我的同学他说只需要展现"人"，而不是展现"案件"，因为只要"人"立住了，这个故事就立住了。

因为要讲"人"的故事，人的一生，说长不长，说短不短，确实无法在酒局上用一两句说清，我只能抱歉了，我给大家表演一个"三口一头猪"或者"炫个小钢炮"吧，这俩才艺我擅长。

故事开始讲"人"，需要从一个酒厂的小人物开始。

这个人叫宋宝飞，比我同学大一点，已经踩上了三十八岁的尾巴。

故事和今天的饭局一样，从喝酒开始。

有的人喝了酒，能创作"故事"，有的人喝了酒，能搞出"事故"。

目录

01〉19号嫌疑人　　　　　　001
02〉同门相残　　　　　　　005
03〉案发　　　　　　　　　014
04〉骷髅　　　　　　　　　024
05〉方案　　　　　　　　　036
06〉不动和大炮　　　　　　045
07〉消失的口令卡　　　　　050
08〉纸飞机　　　　　　　　062
09〉争论　　　　　　　　　075
10〉光明　　　　　　　　　088
11〉发小大春儿　　　　　　096
12〉古籍　　　　　　　　　102
13〉看眼睛　　　　　　　　106
14〉相亲杀局　　　　　　　113

15〉	计中计	120
16〉	张网	126
17〉	人心与信任	132
18〉	替补主持人	138
19〉	线索	143
20〉	失联陷危局	148
21〉	反洗钱	155
22〉	夜斗	160
23〉	鞋柜里的秘密	166
24〉	摊牌	171
25〉	高跟鞋	179
26〉	收网行动	188
27〉	声东击西	194
28〉	每一次重逢	200
29〉	讲故事的米山	208

〈01〉

19号嫌疑人

坐落在城郊以东二三十里地的某省第三看守所今天格外寂静。夜渐深，就寝的警哨声响起。

今天是管教民警老蔡头在看守所的最后一天班。他在看守所看押了半辈子犯罪嫌疑人，从未出现意外，无一出现事故，这对于他来说，是一种人生荣耀。

他整理好了自己的警服，摸了摸自己的警号、胸花、警徽。明天天一亮，他就要回到省厅办理交接手续，他已经临近退休年纪，身体已经大不如从前；在组织的关心下，他将调往一个清闲的部门，去和未来的退休生活进行提前适应与对接。

他带着自己的徒弟小杨头依照惯例对每个舱室进行巡视，做一天最后的安全检查，以确保在押犯罪嫌疑人都是安全且没有异常状况。

二人慢慢检查舱室，所有在押犯罪嫌疑人都已经躺下就寝。

当他二人走到第六舱的时候，小杨头特意加倍留意了一下。

第六舱里只关押了一名犯罪嫌疑人，这可是看守所里少有的"单间待遇"。

这名犯罪嫌疑人是特殊犯，他在这里的编号是"省三看0019号"。为了后续的侦查工作需要，依照看守所条例，对其进行单独看押。

小杨头看着舱室里的19号，他身材高大，背对着门，像老僧入定一样盘腿打着坐。

小杨头喊："19号，马上躺下睡觉！"

19号转过头来，大声说："我没杀人，我真的没杀人！"

遇到在押犯罪嫌疑人不服管教，小杨头觉得有点挂不住脸，提高了音量："马上躺下！服从管教！"

19号用力侧了侧脑袋，嘶声道："我真的没杀他！"

老蔡头上前道："你的案件正在侦办过程中，我们依法保障你申诉、抗辩的权利，可是你如果不服从管教，就要承担相应的法律后果！"

果然还是师父有权威，19号闻言后就缓缓躺下了。

小杨头转过头，他看见师父老蔡头正在若有所思，师父在想什么呢，难道明天要调走了，不放心这些关押的犯罪嫌疑人？

老蔡头拍了拍小杨头："走，回监控室歇着。"

二人回到了监控室，老蔡头不知何故心绪不宁，他调出了第六舱的画面——19号犯罪嫌疑人已经躺下了，他背对着监控，面朝着墙，保持着"侧卧"的姿势。

小杨头有点纳闷："师父，在押嫌疑人狡辩，也是常有的事，您别往心里去。"

老蔡头似乎没听到他的话，随口答道："嗯。"

小杨头又问:"师父,你怎么一直盯着他?"

老蔡头皱了眉:"不知道,就是感觉哪儿不对,盯紧点。"

几个小时后,夜已过半,正是酣睡之时,舱室里响起此起彼伏的鼾声,师徒俩也有了困意。

突然,画面里19号犯罪嫌疑人像鬼一样猛地坐了起来,再次摆出那个诡异的打坐动作。他双目紧闭,似睡非睡。

小杨头揉着惺忪睡眼,见过梦游的,没见过睡梦中打坐的,他一摊手:"没辙,这睡眠习惯挺坚挺的啊。"

"等等!他嘴里在念叨什么?"老蔡头突然有所发现,19号的嘴里在念念有词,像是诡异的咒语!然后他整个人开始像触电一般抖动起来。

小杨头说:"这人睡觉姿势奇怪,多半是在说梦话。"

"不,不对劲,快,调大摄像头音量!"老蔡头突然心脏狂跳。

小杨头调大摄像头音量后,二人听得明明白白,19号犯罪嫌疑人口中重复念的,是某种奇怪的咒语:

"要得到自由,必先借到光……要得到自由,必先借到光……"

师徒二人背脊发麻,老蔡头一拍桌子,不好,要出事!

二人冲了出去,跑进长长的通道,两支电筒光束在灯光暗淡的舱室里慌乱地闪动。

当老蔡头带着小杨头跑进第六舱所在监区的时候,第六舱里远远传来一声惊叫。半夜里的这声惊叫,混合着痛苦和恐惧,将整个监区的犯罪嫌疑人都惊醒。

灯光刹那亮起,舱室如同白昼。

老蔡头和小杨头气喘吁吁地跑到门外,看见19号倒在地上,不停抽搐。

开门！出事了！

老蔡头冲了进去，他查看19号的状况，19号死死抓紧了老蔡头的警服衣袖，双目紧闭，口中恨恨说："我没杀人，救我！"

19号满头大汗，痛得直落泪，然后伴随着小杨头的低声惊呼，老蔡头看见了职业生涯里最诡异的一幕——19号闭眼流下的两行泪，有一道是泪水，有一道是血水！

19号嘶声道："'他'要来了，这个城市都要陷入恐惧！"

老蔡头看了看表，离自己光荣调离岗位，就差几个小时了。

⟨02⟩

同门相残

踩在三十八岁尾巴上的宋宝飞此刻躺在自己的硬板床上,他在临睡前喝了一大壶酒,现在酒意有点上头。

酒意和睡意,是两个截然不同的东西,有时候失眠的人会想喝两口酒,以为这样能促进睡眠。其实,有的酒是越喝越难入睡。

宋宝飞从自己供职的酒厂里偷偷打出了上好的酒,他本来是想浇灭自己内心那嚣张的火焰,结果越浇越凶猛。

他抬头看了看窗外,远处的三江港口灯火通明,深蓝色的夜空之下,各色集装箱云集,装载着各种贸易物资的船只缓缓向港口靠拢,就像是游人在池塘边抛食而围拢的一群锦鲤。

港口产业园区正以日新月异的速度,带动整个城市的经济发展。港口产业园区里,都是新兴科技产业,唯独这个酒厂是传统产业。这可不是什么小酒作坊,这个酒厂很大,和远处靠拢的集装船只比起来,它像是一艘航空母舰。它的产值也很高,生产的各类酒畅销海内外。

港口产业园区在正式开发之前，酒厂就已经在这里了，它不光有自己的窖池、车间和大小生产线，还有自己的家属院、商业街区、伙食团等，厂门以内，自成王国，可谓闭环生息，自给自足。

政府曾经规划过，把传统产业都搬迁他处，把新兴产业集中在港口工业园区，这样更有集群经济效果。2009年讨论动迁方案的时候，有几个不同的声音，一说是酒厂历史久远，其中几个老窖池可追溯至明清，动之不妥；又一说是酒厂的原址靠近三江口的水源，一旦挪动，将影响生产；还有一说是如果动迁，可能引发涉稳事件。

不幸的是最后一个说法应验了。当年的酒厂动迁事件，引发了一场不小的群体聚集——酒厂的数百名员工浩浩荡荡冲向港口园区管委会，抵制迁址。

宋宝飞就在当年的示威队伍中。

2009年的宋宝飞还比较年轻，他几年前从部队转业回来，自己找了一些营生，终究一事无成。最后通过熟人介绍，进了这家全市白酒产业的龙头企业。

那个时候的宋宝飞很强壮，一米八的个头，在酒厂工人中显得鹤立鸡群。

酒厂要搬迁的消息像炸弹一样激起了三江口的水花，在老家属院里住了大半辈子的员工不干了，这以后上班得多不方便。

其实上班不便不过是托词，最大的问题是酒厂的家属院产权和如何动迁补偿的问题。

这是一个很特殊的历史遗留问题。老厂长的上一任厂长，为了给中层员工谋点福利，就以酒厂修建厂房的名义，向政府要了些地，然后员工集资一部分，酒厂出一部分，这样就修成了家属院。

酒厂的家属院有大几百户，现在听说要动迁，那总得有经济补偿吧，老老少少上前一问，结果却炸了锅。修建厂房和修建住宅，在土地使用性质和修建验收报批手续上，截然不同，老老少少住了几十年的家属院，根本没有办理合法的独立产权。

按照工业厂房动迁，还是按照住宅动迁？这关系到住户的重大利益。独立产权一个补偿价，非独立产权一个补偿价，开发方想少补偿，原住户想多要，久拖不决的矛盾最后演化成了聚集和冲突；再往后，就演化成了群体性事件。

宋宝飞在这次事件里表现得非常积极，他懂一些文化知识，还有一些军事技能，表现得和普通酒厂工人不同。他能和政府代表、开发方进行有效的谈判，还能接受采访，当然他的发言里许多法律词汇都不准确。

当记者问及宋宝飞自己的诉求时，宋宝飞这个二货傻了眼："啥诉求？诉求是啥意思？"

"我不要'树'，也不要'球'！哦，我还以为诉求是要多少钱……"

"我知道这是个法律词，我懂，我真懂！"

有一种人就是喜欢闹。没理由没原因没诉求也没利益，反正就是喜欢闹，只要闹起来，只要出现乱子，自己就舒服。

宋宝飞刚刚到酒厂上班，根本就没有任何利益牵扯，他既不是家属院需要动迁补偿的员工，也不是工厂里需要借题发挥要求加薪晋级的中层干部。

有人问，你这么闹有啥好处？宋宝飞一副正气凛然："好处？难道天底下所有的事都必须要用好处来计量？难道就不允许有正义了？"

这一场群体性事件闹了很久。这家酒厂享誉海外，境内外很多媒体都进行了跟进，很快就从一场动迁补偿分歧，演化成具有西方语境下的新闻标题——群众为保护传统酿酒文化遗址而对强拆进行了正义的抗争。

恶意串通，强行拆迁，官商勾结……这些媒体最喜欢的字眼不断刷新网络，报道也越来越跑调。

经过一轮又一轮的专业论证，政府方面逐渐清晰，酒厂保持原址，其实也挺好，谁说传统粮食产业就不能在新兴领域取得突破，谁说酒业就不能融入三江港口园区，以后可以在这个园区搞世界酒业博览会嘛！

这场群体性事件最终随着政府一声令下，就被解散了。不迁了！酒厂保留原址！纳入新兴产业规划，政府将逐步引导酒厂从单一传统酒业向文化、生态、博览、健康等领域转型。

不迁了也就不闹了，那些想要多补偿的员工突然像泄了气的皮球。宋宝飞更是失望了好几天。

其实宋宝飞心里也没搞明白，好像只有这样，才能让自己有存在感。多年后他才听人说起，人骨子里是有一种劣根，叫"极端性"。

宋宝飞想不到的是，他在这场闹剧中表现出来的禀赋，竟然被境外一位精神"导师"看中，成为改变他一生的契机。

酒厂的酒糟香味儿，飘散在港口的上空，让夜晚多出一份醉人的惬意，也把宋宝飞的思绪拉回到了现实中。

距离自己在当年的迁址闹事中崭露头角，已经十多年了。

他今天如此心潮澎湃，是因为从邮件里接收到了"导师"

的一篇最新"文献","文献"里阐述了"导师"的最新"教义"。极具煽动力和充满极端主义的"教义"让宋宝飞更加坚信自己才是整个世界的"拯救者"。

这篇"文献"字字句句都充满着煽动性,每一个论点都直击宋宝飞所代表的这类人群。

宋宝飞内心的火焰,又被"教义"激起,他告诉自己必须听"导师"的话,必须忍,必须静待时机。等到恰当的时机出现,他和他的同伴将成为拯救社会的英雄。

想到同伴,他顿时酒意和睡意全无,他已经联系不上他的一位同伴了。

这位同伴叫涂孟辛,比他小两岁。

宋宝飞用约定好的方式联系他,发信息、打电话,都没能联系上涂孟辛。

宋宝飞有点担心,"导师"曾经说过,涂孟辛是坚定的,是不会动摇的。

他隐隐觉得一定有什么蹊跷,于是便穿好了衣服,下楼打了个网约车,前往郊区平顶山农场去找涂孟辛。

涂孟辛住在平顶山农场,这些年流行复古文化,民众在工业化的进程中仿佛出现了极大的倦腻感,因此回归自然的民宿、酒吧,皆成为文艺分子追捧、聚集之处。

涂孟辛很有头脑,抓住这种热风,将自己在山上的老破房装修一番,取名"原宿",声称:"这是一个没有任何智能科技打扰你的地方!"

没有智能,也没有科技,甚至连监控、电视、网络都没有!一切都是那么原始,却能吸引已经习惯快节奏生活的人们。他的民宿在网络平台上火了一阵，成了"诗和梦想的地方"。

涂孟辛和宋宝飞是在"导师"的介绍下认识的，两人因为是同乡，于是被"导师"编入了同一小组。

随着"原宿"的火起来，涂孟辛的经济收入发生了变化，宋宝飞一直觉得这个难兄难弟会甩开"组织"单飞——这种感觉在这几天特别强烈。

所以当宋宝飞在涂孟辛的民宿里找到他时，二人对质得极其不愉快。

宋宝飞借着酒意，很愤怒地质问涂孟辛："为什么不按照约定回复，你是生了二心，还是想另立山头？"

涂孟辛今天晚上也喝了不少酒，他下厨做了几个菜，陪住店的客人喝了几瓶奥丁格啤酒，他酒劲上脑，有些醉意。

他十一岁的儿子和他同住，孩子颇为懂事，在酒局退散之后，将涂孟辛扶回了二楼寝室。

涂孟辛早些年和前妻离异之后，就一个人带着儿子，相依为命。他的前妻嫌弃他，他内心深处很是愤愤，他发誓要给当初看不起他的人一个有力的回击。他这些年走南闯北，干过各种各样的工作，他咬着牙，撑了下来，因为"导师"给他说了，他必定能出人头地。

凶神恶煞的不速之客宋宝飞敲开了涂孟辛的门，涂孟辛酒劲顿时醒了大半，他怕吓着孩子，便说这是爸爸的朋友来叙旧，将孩子支开，叫孩子回楼下房间先行休息。

时间已经不早，大部分客人都已经就寝。屋里只剩二人对质。

涂孟辛比宋宝飞矮得多，也瘦弱得多，面对宋宝飞雷霆霹雳般的喝问，涂孟辛显得气弱且紧张，他颤声说："我这些天忙，现在是旺季,民宿有很多客人……"

"什么客人?你是挣这点钱的人吗?你难道忘记了我们一起向'导师'宣誓的话!"他连话都没说完,宋宝飞就打断了他。

涂孟辛一听这话,更紧张了,他伸出脑袋,向阳台外张望,半山的大风又响又烈,吹得他脑门疼。这民宿依山而建,每间客房背靠山壁,而在卧室的落地窗之外,都建有一处休闲阳台。

休闲阳台支出房间,可临云崖,放眼望去,视野极度开阔,由于半山常有雨雾,涂孟辛的民宿又以"云中浪漫"为噱头吸引顾客。

涂孟辛的神情像是做贼:"这些事,也大声说得么?你是不是喝酒把脑子喝坏了!"

宋宝飞一听涂孟辛竟然敢顶撞,顿时气冲脑门:"怎么说不得?我看你是已经不想走下去了,自从你这破房子开始挣钱,你就像暴发户一样!"

涂孟辛神色变了变:"挣钱有什么不对?我孩子已经这么大了,我自己挣的钱,难道我要一辈子跟你一样穷?"

宋宝飞瞪着涂孟辛:"我再问一遍,你是不是已经变了?"

涂孟辛瞪回他:"是!"

宋宝飞大喝一声,扑了上去,两个醉鬼扭打到了一处。涂孟辛根本来不及闪躲,就被宋宝飞掐住了脖子,推倒在地板上。

宋宝飞恶狠狠地喊:"背叛者死——这是我们约定好的规矩!"

涂孟辛嘶声道:"你们都是神经病!你们吃错药了!"

他乱踢乱打,却被宋宝飞高大的身体压制,脸涨得通红,脖子上的血管和经脉都鼓得快要爆开。

二人扭打翻滚之间，已经从室内打到了阳台之上。那阳台的墙角，摆着涂孟辛平时收集的各种啤酒瓶。

情急之下，涂孟辛用膝盖顶撞宋宝飞的腹部，他吃痛松了手，涂孟辛抓起了旁边的绿色啤酒瓶，用力地砸向宋宝飞的头。

只听一声闷响，宋宝飞头上流下几道热乎乎的液体，他手一摸，鲜红的血彻底激发了他的怒意。

鲜红的血映得他眼睛也是血红色。他捏紧了拳头，浑身都在发颤。"你个王八蛋敢还手砸老子，是活得不耐烦了！"

涂孟辛缩在阳台的护栏边，举起酒瓶，他看见宋宝飞的样子，内心胆怯了，他强撑道："我不想继续了，就当看在孩子的份上，你们要怎么样才肯放过我！"

宋宝飞喊："把你吃掉的经费退出来！"

涂孟辛脸色吓得惨白，这事儿怎么被宋宝飞知道了？

涂孟辛颤声道："你他妈可别瞎说！导师的经费我都发放给所有下线了！"

宋宝飞看他神情，心下再无怀疑，他大踏步上前，准备清理门户："都发给下线了？那你这民宿修建、装修的钱，难道是天上掉下来的？"

他简直怒不可遏，涂孟辛这王八蛋，不光吞没经费，还骗自己，这人挪用组织经费，修建了自己的民宿，现在挣钱了，又翻脸不认人，想要断绝和"组织"的联系。

宋宝飞倒吸了一口气，铁臂伸出，重重一拳打碎了涂孟辛手中的啤酒瓶，他的拳头上满是血，他顺势掐住了涂孟辛的脖子，一字字道："把经费吐出来，别逼老子杀人！"

二人身高差异颇大，宋宝飞把涂孟辛举了起来，重重抵在阳台的护栏上,涂孟辛背脊一阵剧痛。

涂孟辛嘶声道:"来啊,你有种杀人啊!"

宋宝飞的手松了一松,他接受了"导师"的"教义",加入了"组织",早就练就铁石心肠,可是他和涂孟辛毕竟相识多年,涂孟辛曾在他窘迫的时候接济过他,他一时竟然下不了手。

面对涂孟辛的叫嚣,宋宝飞也被架了起来,二人都变得异常激动。

宋宝飞的手不停地抖,他施重手也只是想恐吓涂孟辛把吞掉的经费吐出来。

可是涂孟辛却认为宋宝飞这二货没有杀人的胆子,恶狠狠地道:"别他妈装了,你这个尿货,你敢不敢杀人?你要是有胆杀人,老子就告诉你经费在哪!"

宋宝飞把涂孟辛狠狠撑在阳台护栏上,涂孟辛半个身子都悬空在外,宋宝飞喊:"你别激老子!"

"来啊,尿货!"

宋宝飞手上猛地用劲:"我弄死你!"

蓦地,只听一声金属裂断的声音,阳台护栏垮塌,涂孟辛向后仰倒,摔出了阳台。

伴随着撕心裂肺的声音,他整个人被山间的云雾吞没。

黑夜一下子收走了涂孟辛的生命,只留下宋宝飞呆立当场。

他脑子一片混乱,他使劲想从"导师"的"文献"里找到解决之道,可是"导师"的"训谕"只告诉了他,要忍耐以待时机,要传播学说,要发展信众,要牺牲自己。

"导师"却没告诉他,杀了"同门",该怎么办。

⟨03⟩

案发

宋宝飞和涂孟辛的案件，就像是一锅中药的一个引子。正因为这个引子，才拉开了这个故事的序幕。

涂孟辛的尸体很快被登山客发现，刑事侦查部门快速介入，侦查中发现此事涉及境外一个被国际定性的恐怖组织，叫作"骷髅"，以及"组织"里赫赫有名的"精神导师"，于是线索依法从刑侦部门，通报到了反恐部门。

有证据显示，国际恐怖组织"骷髅"已经在数年间，向亚洲各地伸出了触角，暗中物色人员，预备实施恐怖活动。

省厅负责侦办该案的大案科科长叫顾动，三十岁出头，是政法大学的科班毕业生。

顾动接到命令后，就带着人去刑侦局了解情况。刑侦局一半都是他的同学，寒暄一阵后，他请了所有同学喝咖啡，然后迅速地拿到了案件资料，进入了推理状态。

根据验尸报告，死者涂孟辛曾在生前与人打斗、抓扯，指甲及伤口组织里发现了另一名男子的生物信息,脖子上有一道掐痕。

结合现场勘验发现的痕迹来看,死者和行凶者应当认识,而且很熟,死者是把行凶者"请"到了房间的椅子上坐下。

烟灰缸里有烟头,提取出两个不同生物信息,说明是两人在场,经过短暂交谈,这才翻脸动手。

刑侦的干警走访了现场的其他人员,涂孟辛的儿子哭地死去活来,在稍微清醒之后提供了一个重要细节,他父亲的一位朋友,当晚喝了酒来找他。至于这位朋友是谁,涂孟辛的儿子称不认识,是第一次见到。

涂孟辛的儿子在笔录里告诉警察叔叔说,自己在一楼自己屋里睡下后,被一声巨响给惊醒,随后楼上安静了一阵,他听见了零星的"敲打地板声",再然后是"关门声"。

老同学告诉顾动,涂孟辛的客栈里,没有监控,所有的摄像头都是应付检查,形同虚设。

这可真是奇了怪,现在居然还有不装监控的建筑物。就算要打造一个远离科技的复古文艺场所,可是作为旅店业的经营者,自己总得掌握公共区域的情况吧。俗话说,反常必有妖,顾动眉毛一跳,看来这涂孟辛平日里有太多见不得人的东西啊。

老同学笑了,对,顾神探,你猜得对。你看这是搜查笔录,涂孟辛的房间里,发现了许多"骷髅"组织的所谓"教义"文献、非法书籍,他的同伴想必将这家客栈当作了聚集之地,为了保证绝对安全,躲避侦查,他们拆掉了所有监控主机。

找到"骷髅"的书籍,案件性质就不大一样了,这也是为什么这起案件通报给顾动的原因之一。

顾动把资料推回给正在喝咖啡的老同学,问,既然他的同伴把这里当作了聚集之地,那么你们铁定查过死者最近的联系人了。

老同学打个响指,警方确实从涂孟辛通话联系清单里,发现了一名多次打电话给涂孟辛的人,涂孟辛一直没有接,结合另外的短信、微信等通信内容,涂孟辛明显是故意不接;而涂孟辛躲避此人的原因,在于对方说他拿了"不该拿的钱"。

顾动雷厉风行,已经吃下了所有材料,思忖这案子并不复杂:犯罪嫌疑人基本能锁定,稍稍一查,此人有前科,和现场的生物信息能匹配,还和涂孟辛认识。

杀人者,宋宝飞。

然而刑侦局的干警有所不知的是,宋宝飞、涂孟辛背后的"骷髅"组织,顾动的队里已经盯了很久了。

可是,为什么宋宝飞要杀涂孟辛?动机还没弄明白。宋宝飞想要追回的钱,到底是什么?

"得,这案子给我吧,我改天再请老同学们吃饭。"顾动掏出电话,请示上级,接到了厅领导指示,那就移交过来,由顾动队里整合警力来侦办。

顾动对案件有着清醒的认识,对线索有着绝佳的推理能力,实在是破案一把好手,让刑侦局的同学刮目相看。

此人在人才济济的政法大学里,并不出众。他二十四岁时研究生毕业,考入了省厅,入职则定了副科级主任科员。

当年全省招警,政法大学的男孩儿们都热血冲脑,恨不得一毕业就入警、办案抓人,听说是省厅招人,寻思肯定是去坐机关,天天文来文往,皆不愿意去,最后这机会就便宜了成绩并不冒尖的顾动。

等到顾动到了工作岗位之后,他才发现省厅反恐部门实际上实战性也很强，经过多年的办案历练后，他迅速成为全省的办案能手，把过去奔赴刑侦口的同学都比了下去。

这些年顾动屡破大案，在各地市局的少壮派里威望颇高。他在办案过程中形成了独特的打法，针对疑难案件，按照程序报批后，抽调各地的办案猛将，组建专案组。这样的做法，能集中全省最强的兵力，在短时间内攻克大案要案。至于各地市局哪些人能办案、能打仗，他顾动平日里处处留心，心里一直有个谱。于是乎，各地的猛将奉调入省，快速解决战斗，然后又迅速解散，诸神归位。

顾动的猛将里不乏他的拍档兼好友，我见过一个比他小六岁的小伙子，叫赵渝，重庆简称那个"渝"。

我第一次见赵渝时，只觉他浓眉大眼，英气逼人，一米七出头，不高不矮，精光内敛，谈笑爽朗，性子耿直，我以为他是重庆人，还和他攀拉一阵，想要认作老乡。

可是世事总是出人意料。

赵渝非是重庆人，顾动平日却不爱动。这二人名字怎么取的，着实让人百思不得其解。

顾动没有太多体育爱好，就爱读书，平日非常宅，下属背地里叫他"顾不动"。

赵渝是从刑侦口调动到反恐口的，为人豁达，颇有豪气，由于直率敢言，人送外号"赵大炮"。

顾动比赵渝的警龄长一些，工作十年，已过了"活成狗"的三十岁大关，可惜仍然在科级领导范畴内徘徊。

我听老同学顾动说，他和赵渝这些年办了不少案子。顾动隶属省厅，赵渝隶属市局，二人上下级关系，平日里见面不多，当省厅的总队需要组建"专案组"的时候,顾动第一时间就想到了赵渝。

顾动和赵渝在长年的办案中结下了深厚情谊,彼此也知根知底,在一次酒精冲脑的午夜,顾动主动提出要给赵渝介绍女朋友。

赵渝这人也不客气,反正省厅领导说了就要兑现,第二天一早就跑到顾动办公室要个说法。顾动完全忘记了头一天的信誓旦旦,但端着省厅科长的面子,不好意思失言,于是施展缓兵之计,提议晚上再撸个串,从长计议。

当时是,顾动带着科里两名年轻人,与赵渝在城西一处烧烤摊见面。赵渝来势汹涌,颇为饥渴,既然领导说了要解决个人问题,起码指条明路。

"顾不动"依然不动,顾左右而言他,便在这时,他亲妹子顾婷不合时宜地出来寻他,告知他父亲突发眼疾入院。顾婷比顾动小五岁,在某著名医学院硕博连读,刚刚毕业出来,正在实习之中。

就这一刻的相见,赵渝仿佛被丘比特之箭狠狠击中。顾动虽然颜值平平,可他妹子顾婷眉目如画,光彩奕奕,堪比昭和美人。赵渝一拍脑袋,瞬间和顾动没大没小,问:"领导,你确定你不是你家捡来的孩子?"

自从赵渝见了顾婷,基本上每周跑一次省厅汇报工作,他约上顾动相聚,特别嘱咐顾动带上顾婷,希望多些接触的机会。

年轻人的恋爱就像阳光一样灿烂,也像春风一样欢快,很多人都看出来了,赵渝是在追求顾婷。很多人也为赵渝捏把汗,觉得这事没谱,顾婷不光长得漂亮,身材高挑,既有明星般的颜值,又有傲人学历。

对于顾动来说，自己妹子的任性自己知道，顾婷曾经在大学的时候受过一段情伤，很长时间没走出来，这也是她迟迟不愿意重新开始一段感情的原因。

顾动想，一切只能随缘，好兄弟要是能成，这也不失为一件乐事。

赵渝一听说顾动要抽调他去省城进专案组，差点没激动得把办公桌给卸了。

案件的侦办过程先不表。

先说宋宝飞，经历了涂孟辛的死亡后，惶惶不可终日，对于境外"导师"发给他的各种深刻"教义"，也便无心继续朝暮诵读。

涂孟辛的孩子已经大了，可是宋宝飞自己的儿子还小，加上老婆没工作，对于即将面临的刑事责任，他感受到了前所未有的恐惧。

于是，宋宝飞不顾纪律要求和约定的联系时间，赶紧启用了紧急联系方式，向境外的上线通了电话，希望能把自己弄出境去，不光自己要出境，还需要带上老婆孩子。

境外的头目皱了眉，这是咋的，啥实际工作没办成，弄死一个"组员"，还想拖儿带口地移民？当我们是善堂？

宋宝飞立刻慌了，在约定的保密电话里力图解释清楚，自己为导师发展了不少忠实的信徒，不遗余力地传播导师的思想，这些年没有功劳也有苦劳；且是为了追查导师下拨给境内小组的经费，这才与涂孟辛发生冲突，事出有因，但后果已铸，如果现在他不能及时离境，恐怕后患无穷，宜将迅速解决问题！

境外那头的头目说："就那点钱，也不算个什么事，至于宋宝飞你嘛……等通知！"电话那头冷笑一声，然后就收了线。

惶恐中的宋宝飞接连几日没等到境外的通知，他变得狂躁而激动，自己大门不出，终日酗酒，发起狂来，连妻儿都要揍。

他不知道的是，正是因为他急于向境外联系，露出了马脚，被侦查部门查知他有跑路的打算。

情况层层上报，省厅经过深思熟虑的研判，认为应当先行截住宋宝飞。此人有重大作案嫌疑，扣下了宋宝飞，那么就能撕开境外"骷髅"对我境内进行宣扬恐怖主义、极端主义，并煽动实施恐怖活动的一个口子。

于是就在宋宝飞连日狂躁并幻想飞越大洋之时，不爱动的顾动和不是重庆人的赵渝，已经带人从省城锦川赶赴三江市，并在抵达当天就围上了宋宝飞借居的酒厂宿舍楼。

传唤普通对象，对于顾动和赵渝来说，早就已经轻车熟路——派两名干警同行，若口头传唤带上证件，若书面传唤则领齐法律文书，上门敲门，依法定程序告知，旋即带走。

可是这一次却有些不一样，对于这对常年熟手来说，也显得特别棘手。

顾动虽不爱动，心思则很细，在抓捕之前，先对宋宝飞进行了刻画，分析他此刻的心理活动，此时的宋宝飞自我负罪，对涂孟辛的死亡惊恐不已，几成惊弓之鸟，他急于脱身，势必不会乖乖就范。

此人服过役，懂军事知识，会制作简易爆破装置。他身材高大，一米八的高个儿，身手了得，加入境外"骷髅"组织，接受过极端思想，情绪狂躁易怒。

这可不是一般传唤对象，这是"涉恐"的犯罪嫌疑人，他背后的"骷髅"本来就是按照"独狼式"的方案在打造他、培养他,正面抓捕,不排除会遭遇激烈反抗。

为了行动的万全,赵渝换了便装,着一身套头卫衣运动衫,打扮得跟个学生模样一般,带上几人,悄然去踩点。酒厂的家属院和酒厂的工业区是隔离分开的,宋宝飞租住的房子在家属院的三层,老筒子楼,一梯四户,没有电梯。从他家大门打开,正对一条长廊,目光可以一探到底,根本就没有掩护和隐蔽的地方。

踩点完毕,顾动向上级汇报行动方案,上级对顾动颇有信心,毕竟是全省的办案能手,于是对他说:"我们没意见啊,'将在外,军令可以有所不受',你自己在现场根据经验处置,不过就两点小小的建议,抓捕宋宝飞的时候,不能有动静,防止居民楼有人围观。另外,虽然我们经过前期掌握了充分证据,可是一些重要证据应该还在宋宝飞手里,你们要防止宋宝飞销毁剩下的证据!"

顾动一听,眉毛皱成了一团,领导口中说"没意见",那是客气,领导说的"小建议",实际上就是命令。他琢磨了一下这点要求,感觉这是玩高难度。

顾动有个习惯性的皱眉动作,不怒自威,下属说他"展眉书生气,皱眉杀气重"。

顾动和赵渝把一票参战干警召到三江市局的会议室,顾动一摊手,大家都是办案的老板凳[①]了,根据民主原则,请大家发表看法,商量怎么落实上级的"小建议"。

大家一分析,难点集中在怎么理解上级建议"不能有动静"。这筒子楼里住的全是宋宝飞的工友,这些年宋宝飞在工友中颇有带头大哥的架势。

---

① 老板凳,四川话,指具有一定经验或者资历的人。

干警罗田说:"如果执法对象不配合,怎么办?"

顾动端起咖啡喝了一口:"宋宝飞大概率是不会乖乖配合带离的,没准就在房间里大嚷叫人,工友们赶来围住干警的可能也不是没有……"

赵渝的风格和顾动就不大一样,他建议单刀直入:"既然是公开执法,遇到这种情况,一般就从'传唤'转'拘传',带警具,强制带离!神挡杀神!"

顾动一口咖啡没喷出来,又问:"那怎么落实上级说的'不能有动静',还要'防止他销毁证据'?"

大伙儿一时不说话,都看着赵渝,组里唯一的女侦查员张小婧推了推赵渝的胳膊,看样子是想推赵渝出来点炮。

赵渝和顾动太熟了,即便顾婷还没有追到,可是赵渝内心也把顾动想象成了"大舅哥",他一开口便没有上下级的顾虑,说:"这就是'坐机关'和'冲现场'的思维区别啊,撞门冲进去,他要敢嚷就按住他,哪来的时间销毁证据?"

顾动甩他一个冷眼:"二货,上级既然有这方面的考虑,自然就有他的道理。"

女干警张小婧支着脑袋,喃喃道:"不能有动静,说明上级还有后续工作考虑,对宋宝飞的抓捕一定要防止围观,有些极端的载体,不宜出现二次传播,同时又要依法依规,按照正式的传唤程序完成,这两者必须兼得。"

顾动敲了敲桌子说:"这两者兼得并不难,我们是公开执法,如果遇到围观,做好群众解释工作和疏通工作即可。问题在于后一个要求,宋宝飞要是不开门怎么办?我们是强行开锁还是破窗进去?开锁需要多少时间,这些时间够不够他把电子设备里的证据都销毁？我们在门外干瞪眼看着他删东西啊？这人可能制作有爆破装置，如果伤到群众怎么办？"

赵渝来得更陡，一拍手："好办，调一组特警来，晚上从窗户攻进去！他措手不及，我不信他能反应过来！"

众干警一听，心下皆是惴惴，赵渝你这想法过于大胆，要是搞砸了，别说立功受奖了，顾动的妹夫你也没份了！

⟨04⟩

骷髅

就在顾动和赵渝、张小婧、罗田等人商议抓捕方案之时,一架波音客机已经缓缓落在了远在千里之外的尼泊尔加德满都机场。

一名西装革履的白人男子正从机场通道走出来,他高高的个头儿,戴着墨镜和深灰色贝壳帽,帽檐压得很低。

包裹成这样,根本就认不出面目,可是他还是不自禁地微微张望,他一会儿低头看手机,又一会儿假意观察指示牌,确认了身后没人钉着自己,这才快步走到洗手间。待他出来时,已经换上了一身轻快的运动装,他换了墨镜样式,将贝壳帽换成了湖人队鸭舌帽,彻彻底底改变了刚刚的装扮。

恰当厚薄的衣物带来舒适的体感温度,白人男子长长出了一口气,他从机场走出,只觉阳光灿烂。他已经上了多国通缉的国际恐怖分子名单,他走哪里都保持着高度警惕。

加德满都海拔1370米,坐落在喜马拉雅山南坡,这道天然屏障为城市削挡了来自北面的风,再加上迎着南面印度洋的暖流,整个城市终年平均温度在20摄氏度左右,比较宜人。

　　白人男子从机场出口随手抽了一张免费的旅游导览,他招了一辆出租车,报出了一个地名,出租车司机是当地人,一上车就用蹩脚的英语问是否需要打表。

　　"不用打表,我给你500卢比,我想转转。"

　　出租车司机心下明白,这是一位初来乍到的游客,对情况并不熟悉。

　　白人男子其实对线路很熟悉,他知道从机场到市区一般100尼泊尔卢比即可,而此处的出租车宰游客是惯例,这样做,他是为了自己更方便。

　　出租车司机高兴地启动了车,带着白人男子开进了市区。这已经不是这名白人男子第一次穿行在加德满都了,他熟悉这里的街道和风土人情。

　　加德满都原名康提普尔,意为"光明之城",素称"寺庙之城",庙宇多如住宅,佛像多如居民,是个传统和现代混合的地方,贫富差距大。有人说,它分为两个世界,一个是充满着精美石雕、尖塔、鎏金狮子、红墙庙宇、画栋的圣地,一个是充满着乞丐、猴子、汽车废气的混浊之地。

　　出租车载着白人男子,穿过了杜巴广场,绕进了一处街道,此地人车争道,拿着转经筒的孩子在乞讨。司机递给白人男子一瓶水,他伸手示意拒绝,此处痢疾盛行,他从心里嫌弃。

　　出租车在白人男子的指挥下转了好几个弯,终于在一处坡道停下。白人男子付费下车,他回头张望,如释重负。

　　他步行走上坡道,又在巷子里东穿西走,来到一处不起眼的二层砖石房屋面前。这是他们设计好的一条甩梢路线。他已经用这种方式，甩掉了过去曾经盯过他的不少警探或者特工。

那一次，他本来是在东北亚地区策动一次暴恐事件，可是当地的警务部门提前掌握了他的计划，当局将他驱逐出境。

他走到房屋的门前，里面一名五十岁出头的亚裔男子打开了门。

二人没有说话，白人男子径直进了屋。那是一间堆满书籍的客厅，墙壁上挂着唐卡和纸草画，屋子里飘着一股子劣质的印度香气味。棕色的茶几上，摆放着几个手工中古铜摆件，还有一把廓尔克弯刀。

白人男子大大咧咧坐了下来，把玩着桌上的弯刀，缓缓说道："金宰佑，像你这样的大学者，不该玩刀。"

亚裔男子叫作金宰佑，和眼前的白人男子是老朋友了。他一度在国际上很有声望，他留着长头发，花白相间。

金宰佑转过身，盯着白人男子："我什么时候允许你动我的东西了？"

他严肃起来，整个人像是被一种圣光笼罩，语气平静，却自有一种命令的权威。

白人男子看着他，"组织"果然没有选错人，金宰佑真的太适合充当"导师"角色了，他有着极强的理论研究能力，同时又具有很强的感染力、说服力、煽动力，每一次他对学徒的演说，都能直达人心，都能彻底改造他们的内心，激发他们的极端思想，然后成为"组织"的忠实信众。

他站在那儿不说话，也能给人一种可以信赖的学者印象。

白人男子一耸肩，把刀放下："这刀太糙了，不能算是武器，能致命的刀，一定是又轻又快，还应该有放血槽。"

"罗特，我并不崇尚暴力，可是我却必须得有基本的安全感。"

白人男子名叫罗特，隶属于国际极端组织"骷髅"。

"骷髅"组织盘踞某洲某地，臭名昭著。

罗特是"骷髅"里的"行动长"，位阶不低。

他面前的金宰佑则是"骷髅"里的"布道长"，专司传播思想和发展人员。

"安全感？只有忧患才能让人保持头脑清醒。"

"头脑清醒？"金宰佑说，"罗特，你跑这么远，总不是来给我上课吧？"

罗特笑了："作为全世界最厉害的'导师'，从来只有你把思想和文献塞到别人脑袋里。"

金宰佑走进了厨房，端出一些食物："来点杜巴克浓汤，还是羊奶酪？"

"我在飞机上已经吃过了，我需要一杯尼泊尔红茶，"罗特满脸的嫌弃，"泡茶的水，一定要多烧开一会儿，这里的痢疾……"

"我在这儿躲了三年，就没得过一次痢疾！"金宰佑打断了他。

不消片刻，红茶的香气弥漫了屋子。

红茶入口，罗特整个人都舒展开来："我奉上级的命令，来这里和你商量新一期的培训班事宜。"

金宰佑缓缓说："这一期的学员名单，有的来自亚洲，有的来自欧洲，你们觉得怎样？"

罗特喝着茶："这些学员都有成为'精英'的潜质，我们会尽快搞定他们的出国往返方案,送到你这里。"

金宰佑道:"经费呢?开班办学的费用不够了。"

罗特说:"放心,这一次为你申请到了两百九十万美元。"

"我怎么听说是四百万美元?"金宰佑问。

罗特盯着他:"有些事是不能问的,大学者。"

金宰佑心中问候了罗特的父母,心下了然,这笔经费已经被罗特私自截留了。

金宰佑开始表功,说道:"前面十几期的学员,都已经回到了他们各大洲的国家,他们有的蛰伏下来,有的已经实施了小范围的'作战',甚至牺牲了自己,被称作'独狼'。他们通过暗杀、绑架吸引了世界的目光,表达了你们的政治诉求。当然,蛰伏下来的人,也在静待时机,改造整个世界是需要一定条件的,我一直在给你们创造机会……"

罗特截口道:"是的,我们一点也不否认你的功劳,只要改变了这些年轻人的思想,就能改变他们的国家,所有的低等民族,都应当臣服于我们,这可是一项超级长期的合作啊,可别光看着眼前的小利。我们可以打造'你'成为精神世界的'导师',也可以打造'别人'!"

金宰佑看着他不说话。

有时候不说话包含着很多意味。

罗特接着道:"以前的功劳就别说了,我们现在需要在中国做出一些'动静'!你不想继续合作吗?"

话说到这份上,金宰佑没辙了。

"那就祝我们继续合作愉快。"

罗特看着金宰佑,对他的表现很满意,他们物色到了金宰佑，花重金把他打造成了"布道长"。

"我们来谈谈关键问题，你这些年对中国的布局怎么样了？"

"马马虎虎，中国警方很'敬业'，我们培养的、能用的学员不足十名，"金宰佑伸出手，像是在数自己的手指头，他忽道，"而且，有点小麻烦，之前的一名中国学员出事了。"

"你是说涂……他叫什么来着？"罗特问。

"涂孟辛，是个中国人，他死了。"

罗特说："我知道，我从报告里看到了，那又怎么样？"

金宰佑正色道："中国方面已经盯上了我的另外一个学员。"

"这个人我记得名字，我和他在奴密西餐厅共进过早餐，他叫宋宝飞。"罗特说。

宋宝飞因为在当年酒厂迁址事件中表现出的"极端性"，被境外物色选中，罗特的组织有意不定期向他投放了一些金宰佑的文章，在确认他内心对社会的对抗情绪之后，邀请他赴境外会面。

于是，宋宝飞领取了免费的机票，出境接受了金宰佑的培训。在培训课程上，他欣慰地发现，自己不是孤零零的一个人。经过培训后的宋宝飞接受了导师金宰佑的极端思想，也学习了很多制作爆炸物的方法，他从思想上成为追求所谓"真理"的先驱卒子，他内心充斥着热血，等待着组织的召唤，一有时机，就要跳上前台，成为杀人如麻的"战士"。

"对，宋宝飞是去讨要被涂孟辛吞掉的经费，发生争执才杀了他。我们的信徒，都要有一些血性才好。"

罗特脸色阴冷："真是该死，敢私吞经费。"

金宰佑冷笑，这算个屁，比起你们吞掉的钱，这根本微不足道。

罗特问："那宋宝飞也被中国方面盯上了？"

金宰佑道："宋宝飞联系过组织，希望能携带妻儿到我这儿来，他的孩子还小……"

罗特笑了起来："他都只是一张抹嘴布，更别说他的孩子了！"

金宰佑点头："我开始也觉得是天方夜谭，可是我们却忽略了一个重要的事。"

"什么？"

"涂孟辛是前面7期学员里最优秀的学生，他返回中国后，承担起了给其他成员传递经费的重要作用。"

罗特警惕地往前坐了坐："你的意思是……"

"对，涂孟辛知道所有接收经费的人员名单，这份电子名单加密后，嵌入了他的一张口令卡里，通过这张口令卡就能在暗网里，向他们匿名转账。"

暗网，顾名思义，是隐藏的网络，需要使用一些特定的软件、配置或者授权才能登录。由于暗网具有匿名性，往往被用来从事一些非法活动。随着科技的发展，恐怖活动会使用新技术，比如加密货币进行资金递补和转移，同时也能够利用暗网来进行对话通信，这些都是当今反恐侦查工作的难题。

恐怖活动的上游经费，大部分通过各种非法贸易形式来实现，因此这些经费的流动基本见不得光，而暗网的崛起给他们带来了便利。

联合国安理会第2195号决议确定了多种支持恐怖主义的非法贸易形式，包括非法买卖武器、人口、毒品、人工制品、勒索绑架；自然资源的非法贸易，如黄金、贵重金属、野生动植物等。

"骷髅"之经费来源也不外如是，这些钱从"非法处来"，然后到"非法处去",每年数额巨大。

所有金宰佑发展的信徒,在目标国蛰伏下来,每人领受一个暗网账号,通过暗网账号接收"组织"的经费。

罗特说:"涂孟辛已经死了。"

金宰佑端起了自己的那杯红茶,茶汤清澈,他微微晃动,并不急于说话,他要给罗特一点自己想象的空间,罗特你难道不知道这件事最麻烦的是什么吗?

罗特试探着问:"电子名单嵌入在'口令卡'里面,那个涂什么死了之后,你派人找过口令卡了?"

"对。"

"那结果呢?"罗特提高了声音。

金宰佑喝了一口茶,缓缓道:"没有。"

"没找到吗?"罗特有点紧张。

金宰佑看着他的样子,想起这脑满肠肥的猪头这些年截留了不少属于自己的经费,心中气就不打一处来。

金宰佑淡淡说:"对,没有找到。"

罗特摸着下巴,思忖道:"这份名单有多重要?"

"我们的'战士'都在里面,得到这张口令卡,就有机会破解这份电子名单,查知他们对应的身份。"

罗特失神道:"'飓风行动'就要开始了。"

金宰佑道:"对,'飓风行动'就要开始了,这是重要的时刻。"

"宋宝飞和那个'涂',这两人也参与到'飓风'了?"

"对。他们每个人的培训课程是有所区别的,宋宝飞是小组里位阶最低的'卒兵',他随时可以'爆炸'……涂孟辛则高级得多,是小组里的'钱袋子'。"

罗特问:"如果这份名单被中国警方找到,那岂不……"

金宰佑道:"是,如果这份名单被中国警方找到,很有可能就会出现我们预料不到的变数。"

罗特喃喃道:"中国缔结了国际反恐怖公约,它的反恐部门可不是吃素的!"

这些年中国警方破获暗网里的人口贩卖、毒品交易、网络信息犯罪,成功案例颇多,已经具备较为深厚的经验了。

一想到这,罗特不由得皱起眉:"这张口令卡没找着,哪里去了?名单要不要收回来?"

金宰佑问:"你觉得宋宝飞是不是一个天方夜谭的人?"

"不是。"罗特摇头。

"那为什么他敢突然向我提出不切实际的要求?"

罗特目光一亮:"他手里有筹码?"

金宰佑说:"不排除有这个可能。"

罗特追问:"他是不是最后一个见到涂孟辛的人?"

"是的。"

"他和涂孟辛是不是一组的搭档?"

金宰佑又点头:"是。"

罗特问:"那宋宝飞会不会已经拿到了涂孟辛的名单?"

金宰佑答:"我派去的人找不到涂孟辛的名单,那就一定在宋宝飞那里。我想再次提醒你的是,这份名单不是记载在纸上,而是加密后装载在一个形似优盘的口令卡里,用这个口令卡联网进入暗网,就能匿名发放经费。"

罗特拿起桌上的弯刀,抚摸着刀刃的边沿:"宋宝飞现在已经被我们的对手盯上了,如果他被抓,会有多大的次生损失?"

"宋宝飞和涂孟辛到底知道多少暗网里的秘密，这个是我们很难评估的。"

罗特看着金宰佑："这些低等民族的死活又有什么打紧？"

金宰佑充满睿智的眼神迎向了罗特，他说了一句至关重要的话，深深击中了罗特的心坎。他说："'飓风行动'如果失败，我们将失去所有组织拨付的项目经费！所有！那是很多，很多钱。"

至关重要的，只能是钱！罗特终于明白金宰佑说的是什么了。

罗特冷冷笑了，他抓起了弯刀，狠狠插到了茶几上，他手劲很重，刀刃插入茶几桌面，茶几差点散架。他看着金宰佑，目中凶光闪动："要采取一些措施了，我们得赶在中国警方之前，找回这个'优盘'！"

"笨蛋，那不是'优盘'，我们得找回'口令卡'！"

罗特道："我可不能容忍一点风险。"

"对，你必须亲自去一趟，想办法潜入中国，然后唤醒'飓风'。"

罗特看着金宰佑，说："我确实接到了上头的指令，要亲自去一趟！"

"对，你作为'行动长'，你去现场指挥，能激励军心。"金宰佑微笑着，他的声音很有磁性，像是在催眠，又像是在诱导，他缓缓说道，"你们是组织最精干的斗士，是无坚不摧的勇士，'飓风行动'的领头人代号叫'老头'，你找到他，他会协助你完成一切！"

金宰佑闭上眼睛，长吸了一口气，举起了右手，像是在开启一种奇特的仪式，他喃喃自语，嘴里念着听不清的词汇，他的声音像是有魔力一样，直击罗特的心灵，罗特弯膝下去，把弯刀举过了头顶。

"骷髅"在进行重大的行动之前，都会有一个由"布道长"祈福的仪式。

"好，很好，'行动长'，你出征的仪式完成了。"

金宰佑拿起了手机，里面播放着视频，视频是中国锦川的某个法治节目。

节目里，一位知性的女主持正在采访一位女性教授，教授大谈当今世界反恐形势，呼吁国际社会开展"一体化"的资金管控，共同切断国际恐怖活动的资金链条。

"这是？"

金宰佑道："我们的死对头，她常年活跃于国际社会，呼吁对付我们，她此刻正在中国，召集一次重要的会议，她是组织的心腹大患，你去干掉她。"

"我有多少时间？"

金宰佑目光灼灼道："在她召集的会议开始前，干掉她，然后引爆'飓风'！"

"她是谁？"

"李雅莉。"

"明白，我认得她。"罗特说。

金宰佑道："她旁边的主持人，你也要一并干掉。"

罗特皱眉，把眼睛凑到屏幕上，看清女主持人的名牌，叫"黄静"。

罗特不解："这人是……"他搜遍了脑子，着实没想到这位名叫"黄静"的主持人是他们组织的哪一个"知名对头"。

"为什么是她?"

金宰佑轻声道:"因为她替我们的对头发声,她在采访她,不是吗?"

罗特问:"因为这个,就要干掉她?"

金宰佑露出了无比慈祥的面容,道:"罗特,你不是第一次干我们这行了,我们要做的,只是制造'恐惧',杀掉一个无辜的主持人,和杀掉一个我们长期的对手,哪一个更好?有时候,越无辜,越有'恐怖'效果。"

罗特长吸了一口气,反复咀嚼金宰佑的话,"越无辜,越有'恐怖'效果"。

他看向窗外,突然乌云密布。

飓风就要来了,远处天色和庙墙红染,似血流成河。

〈05〉

方案

　　傍晚时分的锦川电视台法治频道里，正在播放着一档法治节目。今天的节目是直播政法大学的国际课堂。

　　"不久后，瞩目的'国际反恐怖犯罪学论坛'将在中国锦川举行，我们有幸提前邀请到了这次论坛的召集者、亚洲犯罪学学会副主席李雅莉教授来我们政法大学做一次预热。"电视台主持人黄静优雅的声音，对节目进行了简单的热场。

　　参加今天国际课堂的嘉宾是李雅莉教授，今年51岁的她一头白发，神采奕奕，她的家人在欧洲的一次"无差别恐袭"①中丧生，她对恐怖活动恨之入骨。

　　李雅莉教授长居中国香港，长期在列国游学讲学，此来大陆讲学好一段时间了。她是享誉国际的反恐怖学专家，她的学生遍布全世界各国的反恐警务部门，在国际上具有很强的号召力。

---

① 无差别恐袭，指针对平民且无具体指向目标的大规模恐怖活动。

李雅莉教授在直播中讲解最新的国际反恐怖犯罪学术成果："恐怖极端犯罪和跨国犯罪、非法贸易罪是分不开的，比如销售于美国和亚洲的野生动植物制品贸易，如象牙的买卖，为非洲的恐怖主义提供了资金。在俄罗斯和欧洲销售的海洛因为阿富汗的恐怖主义提供资金……"

直播的主持人正是顾动的妻子黄静，她端庄知性，配合李雅莉教授将今天的节目做得圆满。

在课程里，李雅莉教授还痛陈恐怖极端犯罪的危害，她说："西班牙马德里阿托查车站炸弹案、伦敦地铁爆炸案、莫斯科地铁系统投弹案……恐怖极端犯罪是人类的公敌，进入21世纪以来，国际恐怖主义势力在世界各地制造了上百起针对平民的恐怖袭击事件，造成了严重损害和后果……"

如果不是去抓宋宝飞，顾动应当在电视台的直播间现场当一名虔诚的观众，聆听老师最新的学术成果。这位德高望重的女教授，曾在政法大学带过一届研究生，而顾动正是她的弟子之一。

看不了"直播"，幸好还能看看"重播"。顾动在办案会议室百无聊赖，突然想起了今天妻子正和他大学里的教授上节目，赶忙戴上了耳机，翻找网络里的节目重播。

节目并不长，妻子黄静对这样的节目已经得心应手，她在结尾的时候，接过了栏目制片人米山的鲜花，送给李教授。

米山和黄静搭档有一阵了，二人颇有默契。米山带着电视栏目制片人特有的鸭舌帽，在视频里出现了一个后脑勺，可是顾动还是一眼就认出了他，嗨，这家伙，真幸运，能再一次近距离见到导师——米山和顾动是大学同学。

大学时候的米山怀揣梦想，富有浪漫主义色彩，常常以星爷①那句"人若没有梦想,那和咸鱼有什么分别"作为口头禅。他毕业后不愿意进入政法界,投身到了电视行业,他不光是栏目制片人,还擅长文艺创作。

这束鲜花本来是应该由顾动上前献给老师的,可是没法,办案如上阵,百般不由身,只得委托妻子和同学向老师表达谢意和敬意。

李教授的讲授让顾动更觉重任在肩。他对眼前的案子有着清醒的认识,宋宝飞背后若隐若现的正是境外的伪学者金宰佑,以及国际恐怖组织"骷髅"。金宰佑散播极端学术,危害极大。

宋宝飞手上还有一条人命,涂孟辛。查清楚他们二人内讧的原因,说不定就能撕开金宰佑组织的一个口子。

顾动的上级,也就是副总队长郑新立,盯着金宰佑已经很久了。郑新立的年纪比顾动的父亲小几岁,他不光是顾动入警的领路人,还是他的良师益友,二人之间颇有感情。

顾动信步走出会议室,只觉夜风微凉,他琢磨形势,随后接了一个电话,电话那头正是上级郑新立,电话那头要求顾动必须速战速决,最好是明天中午之前,就必须得手。

他意识到敌人可能会有动作。办案和作战是一个道理,讲究战机。战机一失,可能满盘局势都要发生变化。有时候一个不起眼的个案,会牵连到整个大局。

张小婧和罗田等年轻干警都在会议室里打盹养神,赵渝召集的特警队正在赶来的路上。顾动撑着栏杆,看了一眼三江港口的繁华夜景,此刻已经是凌晨,他却睡意全无。他每次办案,都会

---

① 星爷,指著名艺术家周星驰,该句系其经典电影里的台词。

失眠。

他回到会议室,把抓捕方案又看了一遍,在脑子里进行了推演,应该没什么问题了。

他看了看表,等赵渝的特警队一到,就可以马上行动!这一支代号名叫"猎豹"的特警队列装先进装备,训练有素,不过鲜有出镜,不为人知。

调动特警队是需要法律手续的,顾动呈签了法律手续后,赵渝就开车回单位送手续,召集人手。

会议室里罗田的鼾声如雷,张小婧被吵醒,用力拍了他一下,他惊得立马站起,条件反射式地立正,喊:"准备完毕,随时行动!"

这份敬业让顾动心中莫名感慨,他伸手示意坐下,再歇会儿,赵渝回来了再说。

会议室里恢复了平静,罗田不敢熟睡,怕打鼾影响他人,只趴着养神。张小婧悄悄给罗田塞了一颗糖:"吃吧,薄荷糖吃了就不打鼾。"这点小细节被顾动看在了眼里,这两人年纪相仿,各方面条件倒是般配,队里领导多次想要撮合二人,二人却总是不好意思。

紧张的氛围仍然笼罩着顾动,他内心低沉,感觉颇有压力,只好转移思维。他突然想起父亲住院的事,便给顾婷发了信息留言,让顾婷明天一早到自己房间,书柜的第二列《理想国》里夹着自己的工资卡,拿去医院,把父亲住院的钱续一续。他媳妇照顾儿子,又要上班,还得代替顾动陪着李教授,最近都忙疯了,只能请妹妹多分担父亲的事。

顾动的媳妇黄静,人如其名,是浙江嘉兴人,来锦川上大学，毕业后留在电视台工作，后来经人介绍认识了顾动。媳妇倒是贤惠，顾动随时都在上案子，家里的大部分压力就分给了她。

顾婷没回他，想来已经熟睡。顾动他父母当年超生，被开了公职，后来靠经营长途客运车供兄妹俩上学，其间辛苦不言而喻。现在父亲年纪大了，也不开车了，老两口领了社保养老，来省城给顾动接送孩子。

三十岁的男人可真是上有老，下有小，手上撑着伞，自己淋着雨。顾动内心庆幸家里还有个懂事的妹妹顾婷，他自己工作太忙了，很多事都顾不上。

顾婷大学时有过一段不成功的感情，从那开始就一直没再考虑找对象。这个赵渝，也不知道追求顾婷现在怎么样了，姑娘大了心事就不给人说了，顾动自己也不知道顾婷心里怎么想。

有一次他受赵渝所托，去当"耳目"，趁着和顾婷二人吃饭的机会，问："你觉得我那个同事怎么样啊？"

顾婷反问："哪个啊？"

顾动说："就是那个来医院接你实习下班的那个。"

顾婷一摸头："哦，你不说我还忘了，那天差点把科室主任得罪了，主任她老人家的外号可是'灭绝师太'！"

顾动一听，合着"顾左右而言他"是顾家的遗传吗？

"我没问你科室主任，我问你那天来接你的那个，赵渝，'渝'是重庆那个'渝'！"

顾婷故作恍然大悟状："你说那个啊！就是他把车挡我主任车位了。"

顾动不依不饶："我没问你车位，我问你人，问你人，人咋样？"

"还行,挺机灵的。"

"咋的?"顾动问。

顾婷歪着脑袋:"他把车停我主任车后边,然后就买东西去了,主任下班车没法退出车库……在原地吼半天,问是谁的车!"

顾动问:"他买啥?"

"买花。"

顾动皱眉,说:"这有什么机灵的,现在的小年轻怎么还这么俗套!"

顾婷叹口气:"嗨,老哥你是不知道,主任远远看着他捧着花过来,一双眼睛里全是火,我和一众女同事站在主任背后,感觉赵渝可能马上要被送我们院16楼去。"

"16楼?"

"对啊,骨科。"

顾动差点笑喷了:"然后呢?"

顾婷说:"主任劈头盖脸就问他:'你不是我们院的,你来接谁?'我其实挺害怕的,要是他当场把花给我,我估计也要送16楼去了。"

顾动问:"那他有没有把你供出来?"

顾婷道:"多亏我给他狂使眼色,要他感知危险!后来你猜怎么着?"

"这我可猜不着。"

"他高举着花,扑通就给主任跪下,说自己是病患家属,前来感谢主任医德仁心、医术精湛!"

顾动:"……"

顾婷笑着道:"接着周围爆发出阵阵掌声,场面一片祥和。"

顾动看着顾婷:"领头鼓掌的,是你吧!"

顾婷笑得直不起腰,说:"不是不是。"

"鬼才不是!"顾动太了解顾婷了,这丫头和赵渝一样鬼精灵,周围一鼓掌,灭绝师太还好意思冲人赵渝发火?

这个小插曲,让顾动敏锐地察觉到了顾婷和赵渝的关系发生了进一步的变化——顾婷说起赵渝来,故作不熟状,故作健忘状,可是说起事件细节又眉飞色舞,这就是欲盖弥彰。

顾动心想,赵渝这家伙,等案子办完了,好好给他们创造些机会,多接触,多了解,顾婷年纪也不小了。

顾婷怎么也想不到,就赵渝这段"堵车位"的小插曲,很快要在抓捕过程中给他哥哥顾动一个灵光乍现般的启迪,帮助他成功抓获犯罪嫌疑人。

顾动正想着事儿,赵渝就带着一组特警队的人到了。他放眼看去,一列黑衣干练男子个个虎背熊腰,戴着头罩和护目镜,脚蹬马靴,腰间别着各种特种装备,形似港片里的飞虎队。

顾动让张小婧找来目标建筑物的结构图,诸人一合计,旋即拟订方案。顾动指挥若定,决定让特警队从楼顶放下绳索,放至宋宝飞居住的三楼窗户,然后三名攻击队队员分从三个窗户攻入,快步到卧室会合,在睡梦中抓他一个措手不及,以防止激烈反抗和销毁证据。从窗户进入的第四名攻击队成员负责警戒,检视屋内的攻击武器。

顾动特别嘱咐,目标可能会反抗,此人能制作爆破装置,万万小心。他部署分工,将人手分为两队,赵渝带着攻击队悄悄上楼,张小婧和罗田则带一组人手在门外等候,以作接应。待第五名攻击队成员入屋后，从内打开门锁，张小婧等人进屋对目标实施依法传唤和搜查。

赵渝领命后就去了，他和攻击队配合很多次，深有默契，可谓百发百中。他和诸人悄然上了天台，当时夜风正劲，吹得衣服猎猎飞舞。随即他向顾动发出了行动请求。

"报告，A组到位。"

顾动的对讲机里传来张小婧的声音："报告，B组也就位。"

顾动沉声道："行动。"

三名攻击队队员快速地扔下了绳索，当先一人先行滑下去勘探。

勘探队员滑至三楼宋宝飞的窗户，将摄录探头伸进窗户内，撩起一角窗帘，便看见宋宝飞一人睡在左侧的次卧，而宋宝飞妻子和儿子睡在主卧。

蓦地，画面里传来小孩儿哭声。哭声虽然不大，却通过勘探队员的摄录设备传到了顾动对讲机的那一边。

"等等，有情况。"顾动低声喊了起来。

赵渝等人屏住了呼吸，怕惊动了宋宝飞。

门外的张小婧侧耳一听，原来是宋宝飞儿子做梦惊醒，边哭边喊，说是明天不愿去补课。随即，孩子的妈妈也醒了过来，吼了小孩两句，那小孩止了哭闹倒头就又睡了。

悬在空中的特警队队员保持着一个静止的动作，仿佛和黑夜融为了一体，他等待行动指令。

赵渝问："头儿，请指示。"

对讲机那头的顾动看着画面半晌没说话，在传回画面的一角，清晰地显示着宋宝飞躺在床上，他鼾声起伏，可是在他的床沿离手边不远处，放着一个黑色的小箱子。箱子是木头做成的，外围包着乱七八糟的"安全线"。

顾动皱起了眉，对讲机那头又传来赵渝的声音："是否行动，请指示。"

顾动迅速在脑中预判了所有可能发生的情况，他感觉此刻的几秒钟比一整个夜还要漫长。在黑夜里，屏幕画面的光映照着他沉稳的脸，他听得见自己的呼吸声。

也不知过了多久，他长长吸了一口气，用一个坚定的声音说："取消行动。"

什么？一切就绪了，怎么突然取消行动？赵渝有点不敢相信自己的耳朵，离上级交代的时间不多了。

顾动面色冷峻，第二次下达了命令："取消行动！撤！"

⟨06⟩

不动和大炮

后来的事，我听顾动说起过，他说，当时宋宝飞孩子的那一声哭声提醒了他。

从刑事程序来说，如果目标可能采取反抗，为了避免造成无辜群众的伤亡，法律是允许任何时候抓捕犯罪嫌疑人的。

可是顾动在那一刻，心软了。

他的孩子和宋宝飞的孩子差不多大。他也是一位父亲。

他想到的是，如果突击强攻，万一有了闪失，宋宝飞发狂后在屋子里自爆，那么隔壁卧室的小孩子怎么办？

另外，他还想到的是，当着小孩子的面抓捕宋宝飞，作为父亲的会不会做困兽之斗，伤及我们自己的干警？这一场激烈的抓捕，会不会给小孩子造成童年乃至一生的阴影？

我听到这儿的时候，有些动容。顾动已经不是上大学那会儿，我认识的那个莽撞少年了，他经历了生活，变得思虑成熟。

这些问题，若不是当过父亲的人，怎么会想得这么细。比如赵渝，这位年轻的勇将从天台撤下来之后，回到会议室就和顾动发生了争执，他说自己有十足的把握，可以不惊动那个小孩子！

顾动屏退其余干警，他和赵渝感情笃深，吵架也比较随意，有外人在场，双方都不好发挥。

好了，外人撤了，两人一拉袖子，赵渝扯着嗓子："老哥你怎么优柔寡断的啊！特警队大老远跑过来，是来喝风吗？"

顾动忍着气："你看你，没带过小孩子，小孩子夜间惊醒后十之八九要哭闹，如果宋宝飞的儿子闹起来，邻里隔壁也会惊动，我们的方案里只有疏导成年群众，没有安抚小孩子啊！"

赵渝的外号"赵大炮"可不是白叫的，他一点就着，大声顶上顾动："这也不让动，那也不让动，那该怎么办？你是'顾不动'啊！"

"怎么办？"顾动看着赵渝说，"刚刚宋宝飞的老婆不是说了吗，明天要送小孩上补习班！"

赵渝道："那又怎么样？他从猫眼里看一眼是警察，就不会开门，我们依然解决不了问题。"

顾动说："你也看见了，他屋子里确实有自制爆炸物，那就不能在屋里抓捕，会受伤！"

赵渝喊："干这行就别怕受伤啊！胆小就别来啊！"

顾动一拍桌子："我是怕兄弟们受伤，我不是自己胆小！"

赵渝："……"

架吵到这份上，赵渝是接不下去话了。

架也吵完了，那还得回正题，怎么抓？

当时顾动脑子里冒出一个办法，这个办法行不行他吃不准，可是他内心里还是觉着，在宋宝飞的儿子出门后再进行抓捕，是一种人道主义的执法态度。

翌日,宋宝飞的老婆果然揪着孩子出门了,盯在门口的侦查员从望远镜里看到了一切。

顾动的方案很简单,等宋宝飞老婆送孩子去上补习班。等确定房间里只有宋宝飞一人的时候,顾动调来一台日产尼桑车,让便装干警开着车,往宋宝飞的停车位上开去。在宋宝飞的停车位上,停着他的一台老式桑塔纳。

两车轻微相撞,随即张小婧上楼叫门,说是抱歉,把你车撞了,要不一起来看看,能私了就不走保险公司了。张小婧扮演一名刚拿驾照的女司机真是惟妙惟肖,在惊慌中带着歉意,歉意中包含诚意,诚意里体现着自己愿意赔钱,这可就最大限度降低了宋宝飞的戒备心。

张小婧上前叫门之前,罗田轻轻拍了拍她肩膀:"小心啊,我就在不远处。"

张小婧说:"嗯,我把后背交给你。"

宋宝飞跑到窗户上看了一眼,露天车位上自己的爱车果然被人追尾了,心说果然"马路杀手"多半都是新手女司机。

片刻后,宋宝飞穿好衣服,走到楼下车位上,他弯腰蹲下腰,仍然警惕地先向后张望,在确定周围没有异动之后,他才正视两车相撞的情况。他绕着两台车转了一圈,就挂掉点漆,这小丫头有什么大惊小怪的,不过这也好,讹她点钱,给她点教训,以后练好了手艺再上路。

宋宝飞道:"丫头,这撞得有点严重。我车停车位上没动,你得是全责吧,少说你也得赔我……"

蓦地,宋宝飞全身一颤,像是发现了什么可怕的事,他猛地

宿敌 白夜星辰　　　　　　　　　　　　047

扭身，转头就跑。

"快！抓住他！"

埋伏在附近的罗田带着干警扑了上去，宋宝飞腿长步宽，两步三步就跨上了楼梯。

他逃跑的方向不是向外，而是跑回自己屋里，所有人都看得明白，他是为了再次握住那个自制的爆炸装置，对于他来说，只要握住这个东西，就像是有了护身符！

宋宝飞大口喘着气，跑到了三楼他的屋子门口，他握住了门把手，就要开门。

只要一开门，张小婧辛辛苦苦诱调他出来的工作就白费了。

只要一进屋，宋宝飞必定用屋内的自制爆炸装置，和大家鱼死网破！

蓦地，一道人影从四楼楼梯上跳下，来人快步上前，从后面按住了宋宝飞开门的手。

宋宝飞用手肘猛力向身后砸去，当此生死之际，他用足了全力，只见来人低头一闪，拦腰把他抱住，紧接着一个扭身抱摔，二人同时着地，重重地向长过道里摔了出去。

来人正是顾动。在张小婧上楼叫门之前，他已经先行走到了四楼静候，就是为了以防万一；一旦出现问题，他能第一时间自下而上堵截宋宝飞返回屋内！

宋宝飞从地上爬起，一摸腰间，皮带上竟然插着一根自制雷管，他大喊："来啊，一起死！"

这根雷管虽然不大，可是近距离炸伤两个人还是没什么问题。这就有点狗急跳墙要玩儿命的意思了。追上来的张小婧和罗田吓得愣了一愣，还是赵渝老练，他立马拔出了配枪。

"都别过来！"顾动离得最近，他想也没想，就扑了上去，他死死按住宋宝飞握住雷管的手，用肩膀顶撞宋宝飞，二人随即向身后的下行楼梯滚去，在滚动中二人扭作一团，摔得天旋地转。

赵渝追了下去，心中默念："顾不动你可别出事，不然顾婷宰了我！"

二人摔停在过道里，也不知道顾动用了什么手法，已经从宋宝飞手中夺过了雷管，他翻身压住宋宝飞，摸出手铐把宋宝飞铐住。

张小婧等人瞪大了眼，我去，顾不动，原来动起来这么厉害。

⟨07⟩

消失的口令卡

事后听顾动说,设计让张小婧去碰瓷宋宝飞的车,其灵感来自赵渝那一次堵车位事件。

当赵渝得知自己的"光辉事迹"还能为指挥官贡献抓捕智慧的时候,他实在有点不好意思。

不过为什么这么巧妙的设计,还是在最后关头被宋宝飞看穿?赵渝寻思,张小婧的本色出演根本没有问题,难道是周围埋伏的干警们露了馅?是罗田关心张小婧,靠得太近被宋宝飞发现了?这两个闷葫芦,平日里把话藏心里,不好意思承认对对方的情愫,到了危急关头,又紧张对方得要命。

就在干警把宋宝飞押上那辆日产尼桑的时候,赵渝终于恍然大悟,他看见汽车前排中间的烟灰桶里积满了厚厚一层烟灰。

这么多烟灰,那张小婧身上连烟味儿都没有,这根本不是张小婧的车!

就这么一个细节,引起了宋宝飞的警惕,足见此人的神经崩得有多紧。

亡命徒发起狂来有多险，若非顾动制服了他，后果真是不堪设想。

就这样，宋宝飞成功到案，在结束了第一次讯问后，随即被押送回省城，在省第三看守所实施刑事拘留，放入看守所后，编号19号。

对，也就是故事最前面出现的那位19号犯罪嫌疑人。

19号犯罪嫌疑人被刑事拘留之后，起初还对审讯负隅顽抗，直到顾动将从他家中搜查出来的证据摆在面前，他终于明白刑责难逃，为求立功宽大处理，交代了金宰佑和"骷髅"组织的部分情况。

根据19号犯罪嫌疑人的供述，有一个代号"飓风"的破坏小组已经蛰伏在了城市里，他们隶属于"骷髅"。

顾动深挖到底："你们是什么时候跟着金宰佑的？"

19号犯罪嫌疑人答："从第一个人员过去培训开始，已有七八年，具体我记不太清，后面陆陆续续的……"

顾动皱起眉，问："人数？身份！"

19号犯罪嫌疑人答："人数我不知道，我只知道涂孟辛，'骷髅'纪律严明，一般不能横向联系。"

顾动立刻抓住了他话里的破绽，又问："'一般'？那有没有'不一般'，别避重就轻，有谁知道这些人的存在？"

19号犯罪嫌疑人满脸痛苦神色："涂孟辛知道……涂孟辛也不一定知道。"

顾动一拍桌子："好好说话，到底是知道还是不知道！"

19号犯罪嫌疑人答："涂孟辛负责转经费，可是那些都是通过……"他突然神色害怕起来,像是想起了极其可怕之事。

顾动察言观色,知他怕被"组织"报复,便正色道:"宋宝飞,你现在只有配合调查一条路可走!"

19号犯罪嫌疑人畏畏缩缩说:"涂孟辛手上有一张口令卡,经费的发放……都在暗网里进行。"

"把这个细节说清楚!"

"涂孟辛有一个专属的口令卡里,人员的名单在加密后,就装在这张口令卡里,他通过这个口令卡,联入暗网,就能给大家发放经费。"

"口令卡?有多大?什么样子?"

"类似一个优盘的样子。"

顾动长吸一口气,这可真够精密的;又问:"也就是说涂孟辛是你们的最高上级?"

19号嫌疑人摇头:"不。"

顾动眉毛一跳,还有"大鱼"。

"我没见过他,我听涂孟辛说过,叫他'老头'。"

"你们的任务是什么?"

19号嫌疑人叹气道:"截至目前,我还没有接到'唤醒',我日常只做一些偷偷宣传'导师'文献和学术思想的事儿。"

顾动停顿了一下,准备抛出一个重磅问题:"那是谁杀了涂孟辛?"

"没有!没人杀他,他失足掉下去的,我那天是去问他要经费!我没有……杀人。"19号嫌疑人有点慌了。

顾动盯着他:"你撒谎!"

顾动扔出一份尸检报告:"宋宝飞,在涂孟辛的尸体上,检验出你的DNA，从痕迹上看，你们有抓扯、打斗，还有血液。"

19号嫌疑人猛地挣扎，想要站起："我发誓，我真的没杀他，我是和他打斗了一架，我们有抓扯、打斗，对，我也流血了，可他是自己掉出护栏的！"

顾动说："我给你一个机会，讲清楚当时的情境。"

19号嫌疑人说："我可以要一根烟吗？"

顾动让身旁的记录员递给他一根烟。烟草的味道很难闻，顾动特别反感，可是多年的审讯经验告诉他，很多犯罪嫌疑人在极度惊慌之后，心理可能出现崩溃，一支香烟能让他缓和下来。

烟抽完了，犯罪嫌疑人宋宝飞开始慢慢回忆当天凶案发生的现场。他承认自己怒气冲冲地去找涂孟辛理论，他意识到涂孟辛私吞了部分经费，而且可能"背叛组织"。

当他抵达涂孟辛的客栈时，他发现涂孟辛和他孩子在屋里，涂孟辛支开了他孩子，二人在房间里进行了短暂的对质，随即大打出手。

宋宝飞承认自己动了手，可是真正的危险举动是涂孟辛先做出的，他用瓶子砸伤了宋宝飞的头。

顾动问："你说他是摔出护栏的，当时是什么情况？"

宋宝飞描述当时的场景，他把涂孟辛撑到了阳台护栏上，二人大叫着，嘶吼着，涂孟辛不断挑衅自己。

顾动说："然后呢？于是你就把他推出了阳台，推向了山崖？"

宋宝飞大叫："不！不是我！"

宋宝飞的思绪回到了当时的场景之中，他撑着涂孟辛，掐着对方的脖子，对方被死死地抵在了阳台护栏上。他激动了老半天，酒劲也散了，自己手上主动松了，罢了，没必要杀他，大家都是信奉同一个"导师"的门徒。宋宝飞摆摆手，算了，看在你孩子的份上……

就在宋宝飞收回手臂的一瞬，蓦地，只听一声破裂的声音，阳台护栏塌了！

宋宝飞瞪大了眼睛，看见涂孟辛整个人猛地向后仰去。

涂孟辛身后的护栏不知怎么就垮塌了，宋宝飞迅速去拉，却抓了个空。

涂孟辛整个人从阳台上掉了下去，后面是半山的山崖。伴随着撕心裂肺的声音，他整个人被山间的云雾吞没。

宋宝飞吓坏了，他蹲在地上，只觉得涂孟辛的屋子在不停旋转，怎么办？怎么办？我没有杀他，可是我该怎么才能说清？

跑！一个念头在脑子里跳了出来，必须要赶紧离开这里。他杀气腾腾而来，和涂孟辛发生争执、扭打，可是他明明已经收手，涂孟辛怎么就突然摔出了阳台？

这下跳进黄河也洗不清了。就算涂孟辛的死跟自己没关系，这案子警方一介入，他们别的罪行也会暴露。他酒精上脑，必须赶紧离开现场！

宋宝飞声泪俱下，自己真的没有杀涂孟辛，自己真的已经收了手，他根本不知道出了什么事，他只能仓皇而逃。

"真是他自己掉出去的！"宋宝飞眼睛瞪得满是血丝。

顾动盯着他："宋宝飞啊宋宝飞，你再想想。"

宋宝飞努力控制住自己的情绪，说："我真的收手了，我把他撑到了阳台护栏上，可是我却放弃了，我没有想过要杀他……真的真的。"

"你有没有从涂孟辛屋子里带走什么东西？"

"不可能！我当时吓坏了，根本顾不上！"

"行，今天就这样吧，你的事不少，你别急着撇清你和涂孟辛的死之间的关系，你先把你的暗网账号交代出来，现在唯有坦白才是正途。"

当天的审讯时间到了，随着看守所铁门的落下，19号犯罪嫌疑人交到了管教民警老蔡头的手里。

老蔡头是个有经验有资历的老管教了，在看守所里处理过各种"妖魔鬼怪"的事。

郑新立副总队长专门给老蔡头打了电话，这名犯罪嫌疑人要格外小心。

他二人打了多年交道，彼此熟知，老蔡头在电话里开玩笑："怎么，临近要退休了，你们队里还给送个棘手的活？想让我晚节不保？"

郑新立笑了："这可是队里给你送的大礼，你想啊，要是你最后接收的一名犯罪嫌疑人是小偷小摸，或者强奸犯，那可就不美了，退休了一起喝酒也不好吹牛。"

老蔡头在电话那头也笑："这么说我还该谢谢你们队里了？"

郑新立说："那是，等过几天办好退休手续，我私人请你喝酒，陈年特曲。"

老蔡头立马来了精神，拍着胸口保证："放心！"

虽说干警察的都是无神论者，但是晚节不保这种事，轻易不要说出口，嘴欠容易惹到事儿。

从看守所出来，顾动一路没说话，他显得心事重重，金宰佑是多国反恐部门通缉的对象，他是典型的极端思想散布者。另外，宋宝飞交代出的这个"老头"是个重大隐患，这人是这伙敌人的共同上级，也就是"骷髅"组织在中国境内的"执行长"，这可一定要挖出来。

这帮人到底有多少，到底要干什么？这些问题得赶紧搞明白。

车行半路，张小婧突然问："宋宝飞坚持说不是自己杀了涂孟辛，你们怎么看？"

顾动和赵渝互望一眼，顾动说："来，赵大炮你来说说，你干刑侦很多年了。"

"但凡在案件上有疑问，那就回到案发现场。"

顾动点头："好，那就去一趟。"

四人于是驱车前往平顶山"原宿"客栈。

客栈因为发生凶案，这几天已经停业，门口还拉起了警戒线。

顾动等人下车后，向看守人员出示证件，便上了二楼。

涂孟辛的房间是一间新中式风格的套房，古朴中带着一点禅意，角落里放着绿植和盆栽，而地板上放置了不少数字序号，用以注明各种现场痕迹。

复勘现场进行得很顺利，上一次现场勘查基本上把所有有用的信息都已经包揽。

赵渝翻动手上的第一次现场勘查报告，那张能联入暗网的口令卡，并没有在现场找到。

这么重要的东西，涂孟辛必定随身保管，不大可能藏到他处。

"大家再找一找，看看有没有新发现。"

顾动走到了窗户边，山间的风吹得正劲，他戴着手套，摸了摸阳台的护栏断口。宋宝飞到底是不是杀人凶手？从他目前的反应来看，感觉哪里没对。他看了一眼赵渝，赵渝自然知道他的心思，赵渝摸着下巴，说："宋宝飞连自己加入'骷髅组织'的事都能承认，似乎并没有必要否认涂孟辛的案子。"

"涂孟辛难道是失足？"罗田问。

顾动蹲了下去，仔细观看地面上固定护栏的螺丝孔，他仔细把每个螺丝孔都检查了一遍。坍塌的那几根护栏已经随着涂孟辛的身体掉进了山崖，护栏被拔起，带走了水泥地里起固定作用的螺丝，只留下了地面上几个空孔。

他猛地意识到了问题所在。"赵渝，你过来。"

"干什么？"

顾动说："你模拟宋宝飞，用力把我撑到旁边那截护栏上去。"他指着旁边右侧另外一截没有垮塌的完好护栏。

"啥？你皮痒欠揍了？"赵渝问。

"我只是想验证下自己的想法。"顾动沉声道。

赵渝等人旋即理解到了顾动的用意，他问："你不会告诉顾婷吧？"

"别贫嘴，废什么话。"

张小婧和罗田瞪大了眼睛："顾头，你可要小心啊。"

赵渝和顾动在腰间系好安全索带，将索带金属扣一端扣到阳台内侧的窗户把手上，以防不测。

二人对立而站，蓦地赵渝伸手招住了顾动，顾动急忙向后退去。

"抓紧我的手。"赵渝开始发力。

顾动用力道："来啊！"

赵渝猛地把顾动推向了护栏，只听一声闷响，顾动的后背结结实实地撞上了右侧完好的护栏。

护栏一阵晃动之后,却完好无损。

赵渝等人看着护栏,又看看顾动。

顾动道:"你们现在明白了?"

"明白了。"

顾动道:"其实在这之前,我仔细看过当时的报告,发现有两个比较奇怪的地方。"

赵渝说:"我也发现了。"

"来,说说,看看是不是所见略同。"

赵渝说:"第一,根据现场的痕迹,宋宝飞和涂孟辛靠得很近,宋宝飞所站的位置,已经靠近了阳台护栏,也就是说他口供并没有说谎,他是掐着涂孟辛,把涂孟辛撑到了护栏边沿上。"

张小婧问:"这有什么奇怪的?"

赵渝缓缓道:"怪就怪在这个距离,我们都知道,要产生一定的击打力量,必须要有距离,如果靠得太近,是没有办法发出较大力量的。当宋宝飞已经把涂孟辛按着贴在护栏边沿上,两者几乎是处于静态的状态,他怎么可能通过近距离按压涂孟辛,就把他背后的护栏给崩塌?这可不是武侠小说里的'隔山掌'啊。"

顾动道:"而且,刚刚也实验过了,即便是从二人最初站立的位置开始向后猛推,也没法撞倒这个护栏!"

"那你说第二个奇怪的地方是哪?"张小婧说。

"是涂孟辛儿子的笔录。"

"那孩子笔录怎么了?"

赵渝接着道:"笔录里说,那孩子在一楼自己屋里睡下了,他被一声巨大的响声给惊醒,随后安静了一阵,他听见了'零星的敲打地板声',再然后是'关门声'。"

顾动看着赵渝,目光灼灼:"我也发现了这个问题,只是当时没有办法和宋宝飞的口供进行印证判断。"

罗田说:"响声应当就是涂孟辛摔出阳台的声音,可是为什么还有敲打声?宋宝飞的口供里说,他当时吓破了胆,立刻就跑了,哪里还有时间来敲打?"

赵渝道:"宋宝飞仓皇逃离现场,涂孟辛摔出阳台,现场已经没人,这敲打声难不成是'闹鬼'?"

此语一出,诸人顿觉一股凉风从屋外吹了进来,吹得每个人后脊凉飕飕的。

张小婧瞪赵渝一眼:"瞎扯。"

顾动闭上眼,梳理了下信息。第一,护栏打入阳台地面的螺丝孔是几颗粗大的膨胀螺丝加钢条固定,另外侧面也有钢条固定,护栏能承受的冲击力极大。宋宝飞如果没有另外的工具,是根本没有办法打断这样的护栏,并把涂孟辛推出去的,他很大可能没有说谎,那面临近山崖的护栏被人动了手脚,问题来了,是谁?

第二,那枚重要的口令卡没有在现场发现,这么重要的东西,哪去了?

第三,在尘埃落定后,那诡异的敲打声,是什么?

顾动来到一楼涂孟辛孩子的房间,孩子的房间正在涂孟辛房间的楼下,房间很温馨,柔软的卧床上放着刚刚换的被子,被子上还有一阵清香。案发后,孩子被接到亲戚家住了。

顾动在孩子房间走动,他抬起头,看着天花板,那天晚上孩子睡着了,无论如何不会知道,在他的楼顶上,自己的父亲正在发生着惨案。随着一声巨大的声响,他被惊醒,他并没有立即上楼去查看，而是听着楼上的动静。

楼上很静。

顾动陷入沉思，这孩子后面听见的敲打声，到底是什么？

蓦地，顾动听见了楼上赵渝等人的脚步声。他猛地反应过来，当晚孩子从睡梦中惊醒，神志并不完全清晰，他听见的可能不是敲打声，可能是谁的脚步声！

有第二个人进入过现场！

他闭上眼，想象着，大胆推理，小心求证，如果孩子听见的敲击声和关门声是真的，那么从时间上，是不能排除有第二人进入过现场。

事实上，在案发的当晚，就在宋宝飞连滚带爬离开之后，一双宝蓝色的高跟鞋出现在涂孟辛的门口。

这双漂亮的鞋底套上了布套，看来是不想留下脚印。

阳台外面的风灌了进来，吹得门口的大红色裙子微微摆动。

昏暗的室内灯光映照出一张明艳的脸，她戴着大大的墨镜，不想被人看见面容。

"高跟鞋"走进了屋子，检查了一下阳台护栏的边缘。

"高跟鞋"笑了，她面容明艳，迎着房间的灯光。她戴上了手套，小心翼翼束上了发罩，开始翻找涂孟辛的房间。

她终于在西南角酒架的一个隐蔽角落里，找到了自己需要的东西，一枚形似优盘的口令卡。

她满意地笑了，然后开始检查清理自己遗留现场的痕迹，她的手法很专业，当她走到正在灌风的阳台时，她向下望了一下，山间云雾弥漫，涂孟辛的尸身已经看不见了。

她明艳的笑容突然消失，竟然换上了一丝悲戚，对于涂孟辛的结局,她竟然有一丝难过。

从她的神情看来,她和涂孟辛之间,必然有着某些复杂的情愫。她正是最后一个进入涂孟辛房间的人,她要赶在"导师"派人来之前,拿到她想要的东西。

她看着山间云雾愣愣出神,是不是所有走上这条路的人,都会有一样的结局?

⟨08⟩

纸飞机

四人复勘现场回来,赵渝把车开到半路,换张小婧驾驶,他向顾动汇报,想下车独自行动去。

顾动多提一句,问他独自去干吗,赵渝挤眉弄眼看了顾动半天,说:"你忘记了今天是顾婷实习期正式结束,我得和她庆祝一下。"

顾动摆摆手:"实习结束有什么好特别的?"

赵渝笑了:"我就说年轻人的事你不懂,生活总要有些仪式感!和特别的人在一起每天都是特别的。去病房照顾老爷子的事,就拜托你这当大哥的今天值守啦。"

顾动被说得一愣,反复琢磨他那句"和特别的人在一起每天都是特别的",好像自己曾经年轻的时候,也有过这样的感触。

张小婧说:"我来开车吧。"

顾动道:"我来吧,你们年轻人事儿多,多休息一会儿。一会儿到医院我先下,你们接着开回去。"

顾动抵达医院的时候正是中午,他一进病房门发现顾老爷子没在房间里。

屋外阳光正好,顾老爷子已经自行晒太阳去了。

顾动从病房窗户望出去,看见顾老爷子戴着眼罩,伸直了胳膊和腿脚,坐在医院院子的大槐树下。他一边晒着太阳,一边吃着儿媳妇黄静送来的粽子。

顾动皱起了眉,又是粽子。

黄静是嘉兴人,喜欢包粽子,一年四季都喜欢。

可是顾动并不喜欢吃粽子,每次黄静包一大堆粽子,顾动很艰难地配合着吃,一吃几个月。

夫妻之间有时候只能这样,生活都靠相互配合和忍让。

顾老爷子吃粽子吃得正兴起,像个小孩子,顾动心中一暖,走近问他:"我妈呢?"

"你妈回家休息去了。"

"我妈和顾婷真大胆,把你一个人扔病房?"

顾老爷子向来比较有个性,道:"我图个清静,我乐意。"

顾老爷子反问:"你昨天又执行任务了?"

顾动问:"你咋知道?"

顾老爷子说:"我只是眼睛出毛病了,鼻子却没问题,你身上还有火药的味儿。"

顾动下意识闻了闻自己,他抓捕宋宝飞之时,宋宝飞身上确实带着一根雷管,可是这隔了一天,味道也该散了,老爷子这鼻子是发的哪门子神通?他随即醒悟,这火药味儿来自对宋宝飞家中那些自制炸药进行清理,他对宋宝飞这自制炸药的技术特感兴趣,在一堆物证里,研究了老半天。

顾动问:"医生说你眼睛有啥毛病?"

顾老爷子说了一串专业词汇,顾动听得头都大了,他在心中自动进行了忽略,最后顾老爷子进行总结,总而言之,言而总之:"就是视力可能会保不住,得等着做手术。"

顾动这次吃了一惊,忙问:"那什么时候做手术?"

顾老爷子说:"得排队,专家号。"

顾动说:"这手术难吗?"

顾老爷子反问:"你说呢?"

顾动不说话了。

顾动问:"排队期间,病情会不会恶化?"

顾老爷子说:"那就不知道啰,要不你找找人,走个后门,早点安排下。"

顾动一挠头:"我是抓人的啊,找人这事儿是不是顾婷更有优势?她学医的。"

顾老爷子叹口气:"顾婷刚刚实习完,工作还没定,啥关系没有,能办什么事?"

顾动摸着脑袋,这事有点犯难,他平日里有点小毛病都自己撑一撑就好,很少上医院,基本不和医疗机构打交道,一副"身着警服,百毒不侵"的凛然样子。

上梁不正下梁歪,赵渝这小子更离谱,口头禅是"小病自行诊断,大病自行了断"。

要说查个什么线索抓个什么人,顾动是一把好手,可是要说到医院找人走个后门,这可比较难办;况且顾老爷子现在就医的医院是业内顶尖的医院,几个专家的手术能从年头排队到年尾。

顾动半天没说话,顾老爷子意识到这事给顾动压力了,忙笑着安慰说:"跟你开玩笑的,罢了,原也没指望能有这特殊待遇,眼睛看不见了也好,我不想把这世界看太清楚。"

顾老爷子这安慰人的本事也算登峰造极了,顾动从来也就没见他安慰人成功过。这话不说还好,一说差点没把顾动心给扎穿,他愣了半晌,才说:"哦,我找厅里反映反映。"

顾老爷子问:"今天顾小宝下课得早些,你媳妇接上他,能来医院看看我不?"

顾动说:"他晚上要写作业。"

顾老爷子有些失望,说:"哦,那帮我把这个拿回去给他。"他从衣兜里掏出一个草编的蚂蚱。

顾动拿着草编蚂蚱发了下神,他记得自己小时候,父亲带着他去城里赶集,他走得累了,父亲把他放到两肩上骑着,手里塞给他一个草编的蚂蚱。那时候没什么玩具,一个草编蚂蚱就足以让小孩儿高兴半天。

老爷子这手艺是不减当年,草编蚂蚱栩栩如生。

顾动故作嫌弃说:"你眼睛有问题,就歇着,编这玩意儿耗神!"

顾老爷子有点受窘,他嘴上非要倔:"我才没那工夫,这蚂蚱我买的!"

"哦?多少钱一个?再给我来两个。"

顾老爷子:"……"

顾老爷子打死逆子的心都有,看穿不拆穿!

19号犯罪嫌疑人宋宝飞到案这几天,干警连续进行了几次讯问,他态度发生了一些变化,自从上一次突审时向顾动交代了"老头"的情况后,他内心开始后怕,大抵是出于对"组织"的畏惧,他对之后的讯问,表现得比较冷漠,对所问之事均遮遮掩掩。

这日的傍晚时分,赵渝经请示上级同意后,给宋宝飞看了一段他儿子的视频,对宋宝飞进行亲情感化,只见宋宝飞低下了头,肩头耸动,终于心理防线溃堤。

随后的讯问相对比较容易了些,宋宝飞进一步交代了赴境外参加培训的种种细节,但对于在境内的"骷髅"执行长——"老头"依然没有任何头绪。

结束了一天的讯问后,赵渝照例去约顾婷一起吃晚饭,顾婷神色颇有些失落。

赵渝以为她在为找工作担忧,便设法宽慰她,并提议去吃火锅。

没有什么是一顿火锅解决不了的事,如果有,那就两顿。

"找工作嘛,慢慢来,你现在的条件,只有你挑工作,可不是工作挑你。"

二人随即驱车去了一家巷子里的老火锅。火锅热气腾腾,顾婷却长吁短叹,说:"我之前没想过留在顶尖医院,我一心觉得,要能进入医科附属高校才好。大学虽说很像象牙塔,可是能简单安稳,图个清静。"

"对嘛,女孩儿在大学里要单纯一些。"赵渝一边涮着毛肚。

"可那是之前的想法啊。"

赵渝说:"之前?咋了,现在有变化了?"

顾婷说:"是。"

"给我说说。"

"我今天才知道要办个事，有多难。"

"比我们抓人破案还难？"赵渝笑。

顾婷叹气道："我今天找人帮忙，找了很多人，都没有办法给我爸插队做手术，我要是自己就在那家医院工作就好了。"

赵渝问："为什么要插队，大伙不都排队吗？现在医疗资源多紧缺啊。"

顾婷不悦："你知道什么，病情会变化的啊。"

赵渝本来想说"所有病人的病情都一样会变化"，他一看顾婷不悦，把这话和毛肚一起吃进了肚里。

他安慰说："医生怎么说？如果是病情迅速变化，应该会安排加急的手术吧？"

"你是不是没有看过病？"

赵渝做着鬼脸："差不多吧，我小病自己诊断，大病自行了断。"

顾婷用力忍住了笑："那家医院每天像赶集一样，人山人海！"

赵渝说："也是，哪个医生能顾得上来所有病人？"

顾婷问："病情虽然不会迅速变化，可是越早医治就越有益啊。"

赵渝问："那现在老爷子排到多久？"

顾婷没有心思吃饭，手上玩筷子，道："两个月以后。"

"能住两个月的院？"

顾婷叹气："不是，住院就两周，这两周做各种消炎和修复，先'治标'，然后出院，回家静养等通知，等两个月后做手术，才能'治本'。"

赵渝说："听起来有点复杂，具体是眼睛哪方面的毛病？"

顾婷支着下巴:"说了你也不懂,老爷子给顾动说,顾动直接晕菜。"

赵渝道:"等得确实有点久,你哥有没有办法呢?"

"顾动啊?你不是给他起了个外号?"

赵渝差点噎着:"谁说是我起的,那是大家都这样叫的。"

"你是不是忘记了大家叫他什么?"

赵渝笑道:"大家叫他'顾不动'。"

顾婷翻了个白眼:"既然都叫'不动',又怎么能寄望他能动起来去办事?"

赵渝心想,顾动确实比较宅,生活也单一,没什么社交应酬,指望他能在医疗卫生系统找朋友走个后门,确实不大现实。更关键的是,顾动这人比较一根筋,让他去找人插队加塞,他觉得是在破坏公共秩序,他委实拉不下脸。

"这事有点难办,可是也不是完全没有希望。"赵渝心中盘了一遍自己的同学、好友,有没有哪位祖上冒烟能和顾老爷子就医那家医院沾亲带故的,想想这事顾动摆不平,要是自己能摆平,那在顾老爷子心中的好感程度自然就上升不少。

他心中一乐,把涮好的牛肉夹给顾婷碗里,才发现顾婷的油碟里漂着葱花,清澈澈,从开吃到现在,她一筷子也没动。

赵渝看着锅里的热汤,沉吟了半晌,说:"爸这事我来办,我想想办法。"

顾婷脸上一红,一筷子打他脑袋:"这就开始改口了?"

赵渝说顺了口,不慎把"狼子野心"暴露,赶紧把锅里的菜捞出满满一勺,有肥牛有毛肚有凤爪什么的,全放顾婷碗里,顾婷一晚上还什么都没吃呢。

顾婷说:"你可别吹牛啊。"

赵渝有点下不了台,立了个军令状,说:"我要是这事儿办不好,我也不改口了!"

"少来,改口这事儿我爸说了不算,我说了算!"

他两人平日相处,聚少离多,日常斗嘴一般都在网上,少有机会能在线下斗嘴,也是颇为温馨。顾婷追求安稳简单的生活,骨子里是耿直爽朗的性子,属于典型的重庆女孩儿风格。顾家上辈就是当年重庆过来支援三线建设,在此处扎根散叶。赵渝叫"渝"而非"渝",他和顾动、顾婷的缘分,倒有几分像是冥冥之中的注定。

顾婷忽然从兜里拿出一个银饰项链,递给赵渝。

赵渝问:"这啥?"他拿起一看,项链上有个吊坠,形状还挺精致,是个银制的"纸飞机"。

"呐,送你的。"

"为啥要送这,又不能涮火锅里吃,我们警察不能戴首饰。"赵渝嘴上虽然贫,心里乐开了花。

"没让你戴脖子上,你揣兜里不行啊!"

"这东西贵不?"赵渝问。

顾婷说:"不贵,我实习工资买的。"

"实习还能有工资?"赵渝故意提高音量,"我实习的时候还倒贴钱呢,还是学医好呀。"

"别贫嘴!你帮我看好我哥,奖励你的。"

二人吃完火锅,时间已经不早,顾婷非要坚持AA制,朋友出来聚会,谁说的必须男孩买单,没这个理儿。赵渝提议去看电影,顾婷说今天晚上去医院陪下顾老爷子,把哥哥顾动换下来,回家陪下嫂子孩子。赵渝说不用，头儿明天一早有专案会，直接从医院过去，近！

顾婷掐他胳膊，说："赵渝小样你们压榨我哥挺狠啊。"

二人打打闹闹，最后还是达成一致，赵渝把顾婷送到了医院，然后把顾动换下来，送他回家。

顾动本来是要在车上和赵渝讨论案情，结果他上车没几分钟，就呵欠连天犯困了。赵渝开车有个外号，叫"飞行员"，指的是车技高超，车速很快，但是当顾动一身疲惫需要兄弟关照的时候，赵渝的车技又自动调整成了"温柔模式"。

赵渝心里知道，顾动一定没睡好，工作上的事，生活上的事，孩子和老人，办案和家庭……群众老是有两个错觉，一是觉得医生从来不生病，二是觉得警察应该是铁人，其实他们也有血有肉。

顾动在车上看着窗外的万家灯火出神，宋宝飞供出的"老头"，已经入境很久了，金宰佑这帮人，在境内发展了一批极端分子，这些人不发作则已，一旦发作，实在是社会的巨大危险，守护这万家灯火，责任重大啊。

顾动并不是一来就这么拼命，他的责任心来自郑新立副总队的教导。省厅当年把顾动招进警队，一开始并不看好他，这小子文文弱弱，根本就个文艺青年嘛，哪里有半点和恐怖分子作斗争的气势？唯有郑新立看好顾动，十年过去了，郑新立已经不再年轻，他希望自己的事业能后继有人，他对于顾动有着特殊的情感，从这小子身上看到了自己当初的样子。

郑新立是一个亲和力很强的领导，在反恐部门里，他像是一面旗帜，也像是一个塑像，指引着年轻人前进的方向。

顾动也一直以郑新立为榜样，他时刻都记得郑新立教导他的话："如果你不努力工作，如果你不敬业，受伤的可能就是你的朋友，你的亲人！反恐侦查工作最重要的两点，责任心！同理心！"

顾动追随郑新立很久了，每个案件他都能从郑新立身上得到了启发。每当他坚持不下去的时候，他就会想起郑新立，老郑会怎么做啊？会不会也气馁，会不会也摆烂啊？

其实顾动心中一直有个不为人知的故事，如果不是郑新立，顾动或许早就已经不在警队了。

这个案子，郑新立很关心，因为金宰佑这帮人，在十年前就曾经有过动作，郑新立当时发现了，但是却没有办法将金宰佑在中国境内的网络一网打尽，他一直引以为憾！

顾动心想，战机又现，今次必定好好办，从宋宝飞撕开一个口子，把金宰佑在中国境内的爪牙都一网打尽。

赵渝的车虽然是个十几万的普通小车，但是此君对音乐酷爱，专门找了一些黑胶唱片，他能听唱片，绝不听网络下载的音频格式。

唱片放着周华健的歌，醇厚而长情的歌声让整个驾驶室都温暖了起来。

顾动终于在车上沉沉睡去，赵渝调小了音乐音量。

城市的灯火在路灯下缓缓驰过，车辆的尽头是明天的希望和岁月的光。

直到顾动到家，赵渝才叫醒他。他摸着黑上楼，打开门，进入卧室，媳妇儿已经早就睡去，他走进儿童房间，发现儿子顾小宝已经呼呼睡着。他亲了一下顾小宝，顾小宝就半睡半醒的问老爸，爷爷什么时候回家？顾动说快了，爷爷很快就回来。

赵渝径直回了省厅招待所，他是市州局抽调上来的干警，奉命进省办案期间，只能住在招待所里。

他回到招待所里，不停打电话找人，托了不少朋友，希望能联系上顾老爷子的主治医生。

"喂，三子，我跟你打听个人……不是谁犯事了，我找医生！你妈不是在某某医院吗？什么，已经离职了？"

"大春儿，我赵渝啊，我有个事找你帮忙……"

"好的，我等您回话！"

几个电话下来，赵渝发现自己低估了这事儿的难度，顾老爷子就医的那家医院，是省里的顶尖医院，平日挂个号都难，更别说找某位专家医生去插队手术。赵渝工作生活在江扬市，和抓捕宋宝飞的三江市比邻，离省城两三百公里的距离。

一般来说，二三线城市的人情味儿要比大城市重得多，小地方无论怎样，都能找到熟人，而且办事也方便，可是大城市就不一样了，特别是省会锦川。

"这省会的医院，庙可真大！"赵渝收了线，有点气馁，没辙了，等朋友们回话吧。

他洗了澡，倒在床上，把玩了一会儿顾婷送的纸飞机吊坠，然后拿起枕边的一本书，阅读总是能把一天的疲惫都清扫。

书是顾婷送给他的，是一本讲爱情的书。美好的爱情故事总是让人向往，他一直坚信爱情能克服一切，包括异地的距离。他也相信自己一定能处理好顾老爷子手术的事儿，这样他会赢得顾婷的好感。

他戴着银色的纸飞机，幻想着，进入了梦境，梦里他和顾动把酒言欢，顾婷在侧。赵渝出生在一个警察世家，爷爷、父亲都是刑警，他对警察这个职业有着特别的情感。

他和顾动不一样，顾动对于职业的情感来源于郑新立，属于后天生成，而赵渝对警察这个职业的情感来源于父亲，他的父亲因为侦破一宗离奇的案件殉职，他入警的强烈驱动力，就是为了查清当年的旧案。

赵渝做着梦，和顾婷一起去到了重庆，两人在朝天门码头登上了夜游船，去两江游览夜景。朝天门在历史上赫赫有名，是古时迎接钦差传达圣旨的地方，而现今成了群众游览的胜地。顾婷一直想去重庆看看，去走一走祖辈曾经走过的山峡步道，吃一吃正宗的重庆火锅。

梦里的江景异常绚烂，嘉陵江和长江的汇合处高楼林立，灯影错落，倒映在江水之中，金波银汉，不愧有小维多利亚港之称。

梦中的赵渝牵着顾婷的手，他似乎从来没有对顾婷表白过，他虽然对克服异地恋信心满满，但实际上却"色厉内荏"，不得不正视自己和顾婷的差距。

顾婷似乎一直也没有对赵渝的热情追求有过正面回应。二人最近的话题，是相约一起到重庆去旅游。赵渝做了很多攻略，从重庆的洪崖洞做到了解放碑，他把重庆好吃的好玩的都记录在了自己的小本本上，想着自己有朝一日能和顾婷一起去游览。

然后在重庆的过江索道上，他会向顾婷正式表白，这情节就像是《疯狂的石头》里开场的谢小萌。美好的偶像剧瞬间崩塌，转而成为喜剧，赵渝在梦中笑出声来，然后他听见自己手机响了。

他顺手抓了起来，以为是三子或者大春找到了给顾婷爸爸插队手术的关系人,他赶紧揉了揉眼睛,让自己清醒起来(这个大春在后面还要出场,他闹出的动静可不小)。

电话那头的声音很急促,是顾动。

顾动说:"快,别睡了,19号出事了!"

〈09〉

争论

所有人都知道，看守所老蔡头即将要退休了，在他的职业生涯里，没有出过任何意外，没想到临到退休，还闹出一个比较棘手的事。

看守所方面和专案组方面的人员都赶到了会场。副总队长郑新立已经在会议室坐着了，原定由顾动召开的专案会，一下子变成了应对突发事件的商讨会。

顾动和赵渝、张小婧、罗田等人赶到的时候，郑新立正在给老蔡头宽心。

看守所的王鹤副所长坐在郑新立对面，面色不大好看。

会议室门打开，身穿白衬衫的副厅长胡本诚、反恐总队总队长姚啸军二人一前一后走了进来。诸人起立相迎。副厅长胡本诚招呼大家坐下后，打量了一下郑新立带出来的队伍，从顾动开始，一水的年轻人，精神饱满，干劲十足，颜值很高啊。

胡副厅长先是感谢了看守所方面对反恐总队工作的支持，同时又对老蔡头对昨夜突发事件的及时处置，表示了肯定。"极端分子，什么都可能做出来，如果不是老蔡及时制止，没准还会弄出别的事来。"

领导的肯定让看守所王鹤副所长稍稍宽了心。目前看守所没有所长，王鹤作为副所长主持工作已经一年了，迟迟不能转正，他心里对这事挺在意。

老蔡头具体将突发事件进行了汇报，一五一十地介绍了宋宝飞昨天晚上的奇怪表现。

当晚宋宝飞觉得眼睛不舒服，向管教民警报告，说无法入眠。管教民警出于好心，问他需要点什么。宋宝飞称自己眼睛高度近视，并且常年患有炎症，先是要了热水，又要了干净毛巾。

他打湿热水和毛巾之后，用热水热敷了他的眼睛，据说得到了一定程度的缓解。随后就寝的时间到了，所有在押犯罪嫌疑人都服从规定就寝，唯独宋宝飞在隔间里打坐；经过老蔡头的警告，宋宝飞才躺卧下去。半夜后，宋宝飞突然坐起，全身抽搐，右眼受伤流血。

郑新立问："驻看守所的医务人员看了之后怎么说？"

老蔡头答："医务人员检查之后，流血是眼皮撕裂伤造成，做了简单清理之后，先给他开了药物消炎止痛。"

"伤……怎么来的？"郑新立问。

撕裂伤当然是外力造成，郑新立这样问，大家都明白他的意思，这伤得颇为蹊跷。

老蔡头说："这伤是他自己揉眼睛揉出的问题。"

顾动眉毛一跳，宋宝飞是发了什么神，对自己能这么狠？

反恐总队总队长姚啸军问："犯罪嫌疑人现在怎么样了？"

宿敌：白夜星辰

王鹤副所长看了看老蔡头，答："医务人员说，得及时就医，否则将可能造成一眼失明。"

"失明？"坐在后排的年轻人几乎同时小声说道。

郑新立扫了一眼年轻人，立刻议论的声音就停了下来，他问："为什么眼皮撕裂就会失明？"

王鹤副所长答："眼皮撕裂只是皮外伤，最关键的是——他把自己的视网膜揉伤了！"

顾动和赵渝相互对望一眼，视网膜损伤可就不是小事了。

"他是故意的？"郑新立问。

王鹤副所长连忙摆手，说："现在可不好下这个结论，他本身眼睛有病，他用热水热敷，然后揉眼，意外造成损伤也不一定。"

老蔡头道："有部分在押犯罪嫌疑人企图利用自伤自残，来获取取保候审的机会。"

取保候审是刑事强制措施中的一种，它不会收押犯罪嫌疑人，而是通过保证人担保或者缴纳保证金的方式，换取犯罪嫌疑人一定人身自由。但取保候审有其法定条件，同时也不允许取保候审的犯罪嫌疑人任意妄为，离开指定区域，必须随时向侦查机关报告动向。

王鹤副所长瞪了一眼老蔡头，觉得他话太多。

郑新立看了一眼顾动："来，说说你的意见。"

顾动道："我觉得应该搞明白犯罪嫌疑人是故意的还是无心的，这性质截然不同，如果是自伤自残，那处理是另外的方法。"

取保候审有一些法定禁止条件，比如犯罪嫌疑人故意自伤自

宿敌：白夜星辰　　077

残，就绝对不允许取保。

"你们怎么看？"郑新立扫了一眼身后的年轻人。

张小婧一推罗田，意思是：你说，在领导面前露脸的机会。

罗田起立，道："我觉得他是故意的。"

"理由？"

"如果是高度近视加上用眼不当引发的炎症，普通人禁不住痒揉一揉，哪里能下这么狠的手？"

郑新立问："那他的动机是什么？"

罗田说："暂时不好定论，会不会想取保候审，放出去？"

郑新立转头问顾动，道："那他在这几天有什么异常吗？"

顾动答："没。这几天他情绪稳定。"

王鹤副所长截口道："今天你的人给他看了他家孩子的视频，情绪就不大稳定了！"

他指的是赵渝。

赵渝差点就要跳起来，这人不光胆子小，没担当，还擅长甩锅，张小婧使劲把赵渝按住。

顾动把话接了过来，缓缓说："在座的领导们都知道，亲情感化是讯问工作中常用的手法，对一些顽固的犯罪嫌疑人，这个办法往往是有用的。从今天的笔录来看，宋宝飞交代的内容比往日要多，说明他并没有因为赵渝给他看了孩子的视频，而发生了负面的情绪。"

郑新立说："赞同。"

顾动接着说："从交代来看，他比以往更有求生欲，想要轻判。"

王鹤副所长道："一个想要检举立功，争取轻判的人，你说他为什么要自伤自残？"

赵渝试探着问："难道他是被逼的？"

王鹤副所长大声道："谁逼的？在看守所里，谁能逼他！？"

顾动依然语气平静："也有可能是他自己逼自己，有些极端分子，思想上受到荼毒很深，当本我的意志消解后，内心会产生其他压力。"

"这话怎么说？"郑新立问。

"他为了争取轻判，白天坦白交代，晚上他意志削弱下去之后，极端思想重新占据他的大脑，他又恐惧自己出卖了'组织'会受到惩罚。"

王鹤副所长道："这都是你猜测他内心的想法，他根本就没有自伤自残的由头。"

副厅长胡本诚打开了面前的水杯喝了一口，响动虽然不大，可大家都不约而同地停下了争论。

胡副厅长问："你们刚提到取保候审，他现在的伤情符合这个条件吗？"

所有人把目光集中到了王鹤身上，王鹤说道："就单纯从伤情来看，视网膜损伤造成视力严重缺失，是符合取保候审条件的。"

老蔡头补充道："但是，如果故意自伤自残的话，是禁止取保候审的！"

"不能这样推定啊，有什么证据证明他是自伤自残了？刚刚顾动也说了，他情绪稳定，也交代得很好呢！"王鹤在桌子底下用力拉了老蔡头一把，你怎么搞的，这人如此棘手麻烦，办理取保候审之后，放出看守所去，就该顾动他们部门自个儿管他了。

总队长姚啸军问："那你们看守所是什么意见？"

王鹤一展眉："给办理取保吧，让他好生就医去，现在医学发达，视网膜损伤不是什么大事。"

"你！"赵渝差点要发作，现在案情如此复杂，到底有多少人蛰伏的还不知道，那个藏得极深的"老头"还没有浮出水面，要是放宋宝飞出去，鬼知道他会不会跑风漏气！

现在大家都明了情况了，王鹤是想把这烫手的山芋赶紧踢走，一定得主张宋宝飞是自身眼疾造成的伤害，不属于故意自伤自残，理应取保候审，让宋宝飞回家去。至于他回家之后该如何医治，那就不关看守所的事了。

胡副厅长把水杯放下，字有千钧道："我们既要保障每个犯罪嫌疑人的权利，又不能纵容任何企图以自伤自残行为来'碰瓷'执法机关的行为。啸军同志这段时间会去北京学习，这事就由郑新立同志负责，散会后新立同志留一下。"

胡本诚副厅长直接留下了郑新立，开门见山两件事，要和他通报一个重要情报，交换一个重要意见。

"坐吧。"胡本诚隔着宽大的办公桌，和郑新立面对面坐下。

郑新立抽出烟，准备给胡本诚点上。胡本诚一摆手，不抽了，你也别抽了。

胡本诚拉了两句家常便言归正传，根据一名情报线人报告，金宰佑等人正准备在中国搞点动静。

"动静？什么动静？"郑新立问。

胡本诚神色凝重："不久后，是'国际反恐怖犯罪学论坛'，金宰佑他们想要在这个会议节点拉响拉爆，制造事端。"

"这份情报准吗？"

"准。"胡本诚说。

郑新立问："作案具体地点预计是哪？"

"不知道。"

"具体时间呢？"郑新立又问。

"也暂不掌握。"

郑新立道："那这事不好办。"

胡本诚意味深长道："所以我把你留下来，这事得靠你手上的线索。"

"您的意思是……"

胡本诚目光灼灼："对，得好好在宋宝飞身上下功夫。敌人也在找他。"

郑新立道："我们更不能放他出去了，一旦跑风漏气，我们更难抓获这帮坏蛋。"

胡本诚道："我也不赞成取保候审……这宋宝飞明显就是故意的，想取保。"

郑新立道："可是宋宝飞如果不就医，也是不妥。"

胡本诚道："在押犯罪嫌疑人也是人，也有人权，就医权利是必须保障的。以他的经济条件和社会资源，取保候审之后，他能治好自己的眼睛？到那个时候，他才彻底毁了。"

"对，既然宋宝飞不能取保候审，那就得保障他的就医权利。"

胡本诚笑了，说："对，所以你们队里要做好准备。"

郑新立眉毛一跳："领导，您的意思是，让我们队里保障他就医？"

胡本诚看着他，不说话。

"这是看守所的事啊。"郑新立说。

胡本诚还是看着他，不说话。

郑新立继续说："在押犯罪嫌疑人的就医是看守所的职责，提解犯罪嫌疑人就医这事，很吃警力的，从看守所提出人来，押送到医院要防止脱逃，在这之前还要先联系好医院，办理专人专办，就医全程还要保障安全……我们哪里有这个经验？"

"什么经验不经验，事在人为，你能把问题说得这么细，考虑很全面，我很放心嘛。"

郑新立有点会意了，试探地问："您是要我们感化宋宝飞？"

胡本诚用手轻点桌面："你啊你，今天没看守所方面的态度，他们认为要取保候审，把烫手的山芋扔出去，你让他们去保障就医，能保障好吗？能达到我们想要的效果吗？你是老侦查了，你手下的精兵强将，组织一下力量，这事不难办。"

郑新立皱起了眉头，这事可不是小事，他在开会之前向老蔡头打听过，当天晚上驻所医务人员到底怎么说。老蔡头告诉他，宋宝飞的眼睛，可能视网膜脱落，这可不是小手术，这锦川市里能救治的医院不多。

胡本诚问："这是命令，有什么困难没有？"

郑新立本能地坐直了腰："没有！"

胡本诚满意地点头，人民警察就得这样，甭管你在什么职务级别上，服从命令听指挥，克服一切困难完成任务，这是基本功！

郑新立问："领导，另一件是什么事？"

话题转太快，胡本诚还没接住，他柔声道："另一件是小事，你得戒烟，你的体检得抓紧去，别老拿工作忙当借口，身体是革命的本钱。"

郑新立心头一热，前阵子他组织队里干警集中体检，所有干警体检他一律准假，可是自己却一直没顾上去医院体检，这么小的事，老领导胡本诚居然都知道了。

郑新立想要解释："等忙完宋宝飞这事……"

胡本诚面色一沉："这也是命令！"

郑新立大声道："是！"

郑新立从胡本诚办公室出来，随即召集顾动的专案组开会，商议下一步工作。

顾动在会上提出了自己的意见，他们已经调取了当晚的监控视频，从宋宝飞的种种动作来看，他先是打坐念诵，默读金宰佑的歪理邪说，随后用力揉搓眼睛，很大可能是自伤自残，希望借此来换取取保候审。这自然是法律明文禁止的条件。想通过自伤自残来换取自由，门儿都没有。

赵渝等人也是相同意见，且不论自伤自残本身违反法律规定，属于禁止取保候审的条件，从案件本身来说，目前对宋宝飞背后组织的侦查工作进入了深水区，如果宋宝飞放出去，跑风漏气了怎么办？

郑新立传达了胡本诚副厅长获取的情报，出于保密，他隐去了情报来源。

此语一出，会议室里一阵寂静。

顾动看了看日历，离会议时间不多，这可并不充裕啊，目前最有价值的线索，就是涂孟辛有一份电子名单。首先要找到记载这份名单的口令卡，然后还要设法破解它。找到这份名单，也就可以找到那个隐在暗处的"老头",以及所有"骷髅成员"。

根据审讯经验来看,宋宝飞并没有完全交底,对这份名单和"老头"的身份,他是占有一定信息量的。从事极端犯罪活动的人,内心都一些摇摆和反复很正常,长期受到洗脑,会有一些莫名其妙的"教规教义"来恐吓自己人不得叛变,一旦叛变就要遭到报复。

那么根据领导的指示,进一步感化教转宋宝飞就显得尤其重要。

年轻人当中出现了不同的声音:如果宋宝飞是故意自伤自残,那么说明心有顽劣,那么怎么才能感化教转他呢?

郑新立面无表情,把自己的想法说了,既然他畏惧报复,我们就给他拥抱;既然他深陷黑暗,我们就给他星辰;既然他眼睛出了问题,我们就给他全力医治,让他看到光明;金宰佑的歪理邪说能给人洗脑,我们的人文执法难道不能深入人心?肉体上和物质上消灭一两个犯罪分子,根本不叫胜利,从精神和思想上彻底战胜他们,才是真正的胜利。

郑新立发表完自己的看法,大家愣愣地看着他,光线从窗户外面照进来,洒到他的头上和肩膀上,浮起了薄薄的一层光。赵渝这二货没忍住,脱口而出:"大罗金仙!"

顾动看了看身旁的张小婧、罗田,号称"铁面硬汉"的郑副总队今儿是怎么了,一秒变成菩萨了啊。

郑新立把话都说这份上了,还有什么好说!大家都听明白了,第一是保障他的就医权利,第二是为了粉碎敌人拉响拉爆的阴谋,不能纵容宋宝飞,对他进行取保候审。

那么问题来了,请问谁去保障他的就医?

郑新立看着顾动,眼睛动也不动。

顾动突然感觉自己心跳加速,不好不好,这是熟悉的感觉,但凡郑新立这样看着自己,一定是有艰巨的任务!

"不是让我们来保障他就医吧?"顾动弱弱地问,他内心狂潮汹涌,但是表面还是一副"不动如山"的神情。

郑新立继续盯着他,话里也很直接:"舍你其谁。"

顾动面露难色,他可从来不敢对郑新立说个不字,他忙看向赵渝,赵大炮,快来解围。

"啊?"赵渝站了起来。

郑新立问:"你有话说?"

赵渝答:"是。报告领导,我可以说两句吗?"

郑新立是比较开明的领导,从来喜欢听下边人的意见,他一挥手:"说。"

赵渝答:"领导,这不是看守所的工作吗?人是在看守所里病的啊!"

郑新立道:"都是一家人,分什么彼此。"

赵渝问:"从可行性来说,提解犯罪嫌疑人就医这事,很吃警力的,从看守所提出人来,押送到医院要防止脱逃,在这之前还要先联系好医院,办理专人专办,就医全程还要保障安全……我们哪里有这个精力?"

郑新立哑然失笑,这小子说的话,居然和自己刚刚对胡本诚副厅长说的话一模一样。

赵渝接着又问:"从必要性来说,如果我们专案组去保障就医,那要他看守所干什么?我们为什么不对他搞'指定场所监视居住'啊!我们接不了啊,我们还要挖宋宝飞背后的组织,时间已经不多了!"

郑新立摸了摸兜里的烟,兜里空空如也,刚刚兜里的烟被副厅长胡本诚给悄悄扣下了,他命令他戒烟!

郑新立脑子里寻思了一下,隔着好几个级别,赵渝居然敢跟他这样说话!这小子外号叫赵大炮,工作能力很强,一直不提拔,就是吃了性格的亏。他父亲当年在警界颇有声望,很多领导看他如待侄子,也就纵容了他啥都敢说的性格。

郑新立板起了脸,问:"这事儿你们接不接?"

"接不了。"赵渝也豁出去了,他本来就对看守所的推诿态度不爽,这事要落专案组里来,指不定有多麻烦,别说押送宋宝飞就医的安全保障了,就是联系医院专人专办,都得耗时耗力,这案子不用继续办了啊?

郑新立有点后悔平日和这帮崽子相处太融洽了,他点了点桌子,道:"你是代表你个人意见,还是代表顾动,代表你们专案组意见?"

顾动杵在中间,必须要拿主意了。

姜还是老的辣,一句话就把赵渝给噎回去了。

顾动说:"我接。"

什么什么?这事儿没必要啊。赵渝还要再说话,顾动一挥手拦住了他。

只听顾动一字字道:"服从命令听指挥,这件事儿我们接。"

郑新立神情欣慰,舒展地将后背靠在椅子上,不错不错,能理解我用意的,果然还是只有顾动这小子。

顾动问:"那我们下步做什么?"

郑新立说:"联系光明医院吧。"

"哪家医院?"顾动以为自己听错了,这名字有点熟悉。

郑新立又说:"光明医院,你们拿着队里介绍信,找专家去插个队,宋宝飞这眼睛,只有那里能治。"

郑新立又补充了一句:"光明医院是省里最好的医院,庙比较大,根据以往的经验,即便是拿上介绍信去公对公,也可能需要等待一段时间,毕竟病人很多,需要协调专家的时间,如果是那样的话,你们找一找各自的朋友、同学、亲戚什么的,有没有人认识光明医院的人,这样有个熟人在里面协调,能事半功倍……"

顾动不说话,依然不动如山的样子,也不知道内心在想什么。

赵渝差点背过气去,这宋宝飞王八蛋自己弄伤了眼睛,队里出面给他找医生,队里保障他就医,还找的是光明医院的专家,不光如此,还要自己发动私人关系来帮忙,他刚刚帮顾婷找了人,发现这事儿难度不小,他张口就开炮:"这什么待遇,人家顾不动……"

顾动一把捂住了赵渝的嘴巴,赵大炮,够了够了,一会儿吃不了兜着走。

赵渝下半句生生给吃回肚子里,他气愤难平。等郑新立散会出了房间,他不吐不快,大喊:"顾不动他爹还没插到队呢!凭什么啊!"

⟨10⟩

光明

咖啡机咕噜噜直响。浓浓的咖啡味飘满了专案组的办公室。

对于顾动这些常年办案的人来说,浓茶根本提不起精神。

警队里喝提神饮品这事儿,有些讲究。即便不是加班熬夜,大家也需要随时保持清醒。

新人小白往往都是从喝浓茶开始,喝一阵之后,就觉得耐受了,于是又转投咖啡。咖啡也分等级,喝什么摩卡的多半是新人,喝卡布奇诺和拿铁的多半是女警,咖啡加奶说明胃口还好,戒糖说明上了年纪,喝咖啡还拉个花的,说明是文职比较闲,喝冰美式的,图劲大,喝别的什么都没用,必然是资深大佬。

顾动看着桌上的咖啡,感觉自己离最高境界已经所差不远。

当年上大学的时候,他以为咖啡只有雀巢。当时一位同学给了他一支"速溶二合一",他喝了一口,差点没把自己呛死,这特么什么中药!

午后的阳光正好,透着窗户照在会议室窗台上的一排绿植,让人心情舒缓。

顾动让食堂打了盒饭上来，诸人就在会议室边吃边议。

大家复盘了一下案件的进展，宋宝飞提到的那个电子名单，并不是记录在纸质本上的，而是在一个形似优盘状的加密口令卡里；涂孟辛使用这枚口令卡，联入暗网，就能对名单进行经费发放。

根据搜查组干警的反馈，涂孟辛的家里没有搜到这样的东西。

涂孟辛把这东西到底藏哪里了？宋宝飞和涂孟辛是一组的，他到底有没有说实话？根据评估，"骷髅"在境外每年要资助这帮门徒不少经费，这些钱是涂孟辛负责洗钱，然后通过暗网分别打给门徒，那么就得摸一摸涂孟辛的上游资金链。

最最关键的是，在涂孟辛摔下阳台后，最后一个进入现场的是谁？

涂孟辛的儿子听见的敲击地板声很有可能不是"敲击"发出的声音，那个时候小孩从梦中惊醒，神志未清晰，对声音的节奏、频率都可能听出误差。

但当顾动问小孩如果重新让他听一遍，他能否分辨出"敲击声"时，小孩表示自己听力一直不错，可以尝试。于是顾动安排了涂孟辛的儿子来了一场侦查实验，让孩子在一楼待着，他在楼上使用了不同鞋子进行走路，也使用了不同的工具趴在地板上进行敲击，小孩听得仔细，终于听出一个比较熟悉的感觉，这声音最接近高跟鞋，而且还是细跟的。

由此也得出概然性结论，那奇怪的"敲击地板声音"来源自某种工具敲打地板之可能较小，而是某人的脚步声之可能较大。

这很有可能是一个女人，她来现场干什么？她到底有没有捷足先登，拿走这张口令卡？

客栈只有涂孟辛自己一人在经营,有两个帮手的男杂工,一个厨师,所以最后进入现场的高跟鞋,大概率是顾客。

她是当天来到了客栈,还是已经住了些时日?

问题在于涂孟辛的客栈没有监控,登记住宿也不按一人一证严格执行;有些住客甚至连身份证都没有登记,就直接办理了入住;还有每天进进出出上他这儿吃饭的食客。

专案组调取了客栈周边的公共交通监控录像,只能看到进出路口的车辆,车辆开进客栈的区域之后,就进入了盲区。车上到底坐的什么人,基本没法弄清。

这下排查人数一下子增大几倍,这几天客栈的住宿、餐饮生意不错,来来回回、进进出出很多人。为防打草惊蛇,不能轻易挨个正面接触,一时半会儿还真不好锁定具体目标。

案件已经进入深水区,可是还要伺候宋宝飞就医,这可真是"屋漏偏逢连夜雨"。

任务既然已经下了,就必须要执行。如果上级的情报准确的话,这伙极端分子很有可能在李教授召集的重要会议之前有动静,得快速一网打尽,左算右算,留给专案组的时间已经不多了。

顾动分配好工作,另调了警力继续紧跟排查这些日子来到客栈的顾客,力争把最后一个进入现场的"高跟鞋"凸显出来。

又吩咐张小婧和赵渝去光明医院,张小婧是个女生,口齿伶俐,为人亲和,比赵渝这个大炮强,到外单位打交道,有理有礼有节。赵渝心里一百个不乐意,可是一旦形成了决议,落实起来还是雷厉风行,说走就走。

顾动自己和罗田去一趟看守所,去联系看守所提解押送的手续。他又安排了一组人,去查涂孟辛的上游资金链以及扩大的人际关系。

张小婧和赵渝提着介绍信,就奔光明医院了。

那光明医院人可真多,用张小婧的话来说,就是感觉全省的人都挤到这儿了。

医院保卫部接到通知之后,把介绍信呈给了院长办公室,办公室诸葛主任一看是省厅的警察同志,热情地迎进了门。二人简要表明来意,诸葛主任二话没说,就抓起了电话,请医务部以"绿色通道"尽快处理。

赵渝心想,还是组织出面有用啊,自己帮顾婷联系半天,连庙门都没找着。

就在二人要离开的时候,张小婧突然留了一个心眼,她问诸葛主任:"这'绿色通道'的病人平日里多吗?"

诸葛主任心里估计在琢磨,这俩小年轻真是不懂事,他也不好直白,便委婉地说:"'绿色通道'的病人也不少,关键看医生的手术时间。"

张小婧问:"那有哪些是属于'绿色通道'?"

诸葛主任说:"配合公检法办案属于'绿色通道'之一。"

"之一"的意思大家都懂,也就是说即便是走"绿色通道",也是需要在医生那里排队的。当然,"绿色通道"和"绿色通道"之间的排队,要比外界好得多。

赵渝道:"我们这个案件比较重大,看能不能尽快安排医生手术?"

诸葛主任面露难色,道:"这位警官,每个'绿色通道'都有它的紧迫性。我们院里的有些专家只做精密复杂的手术,这种手术一周只能安排三五台,还有的专家,手术已经约到了明年年底……"

赵渝："……"

张小婧一看赵渝又要一秒变身成大炮，马上截口道："主任，您看是否可以这样，我们先安排让犯罪嫌疑人来做一次术前检查，有了结果之后，我们再看看哪个医生手里的'绿色通道'人少一些，或者哪个医生时间稍微多一点，我们就联系哪位医生，好不好？"

诸葛主任道："如此最好，不指定哪名专家，就要好办得多。"

张小婧说："只要能治就行，不必强行指定某位专家。"

诸葛主任做了一个"哦"的表情："那这就好办了，这样你们拿犯罪嫌疑人的身份证去办个就诊卡，然后发给医务部，随便找个医生把检查的项目先开出来，你们定一个时间，把人押送过来吧。"

赵渝和张小婧出了办公室，赵渝有些垂头丧气，张小婧问他何故，他便将此前为了帮顾婷联系专家插队的事说了，他刚刚差点没忍住，想拜托诸葛主任多帮一个忙，看能不能也给顾老爷子安排一个"绿色通道"。

张小婧叹气道："这事公私有别，要让顾不动知道了，准把你骂一顿。这样，我回头让院保卫部的同学打听打听。"

赵渝问："这医院到底有多少专家？"

张小婧摇头："我也不知道。"

"你想不想去看一下？"赵渝问。

张小婧说："你不怕撞见顾婷，或者顾老爷子？"

"这医院这么多人！哪能啊！"

"行，要真撞上了，就说我们来公干。"张小婧一摊手。

二人径直去了门诊部，门诊部楼底下挂满一排专家照片和个人介绍，他二人逐一看去，真正傻了眼，这光明医院的骄傲可不是平白无故来的，人家有的是底气，这可不是中国的领先水平，而是世界水平的领先！

蓦地，一个熟悉的人影在前面一闪，不是顾婷又是谁。

顾老爷子就是住在光明医院，顾婷实习完毕，这阵子处于就业真空期，每天都在医院陪老爹。

真是说什么来什么！赵渝一拉张小婧，赶紧走，总不好给顾婷说自己来医院，是帮别人插队就医吧，自己昨天还给顾婷立了军令状。

赵渝像做贼似的退了出去，他前脚刚刚退下楼梯，就听见身后顾婷喊："赵渝！"

顾婷笑着问："你跑什么跑呀？做贼了啊？"

赵渝指着张小婧："我这不是怕你误会吗，这是女同事。"

"我知道这是我哥同事，我见过！"顾婷上前给张小婧打招呼。

"哦，那我就是想多了吧。"

顾婷歪着头："少来，你心虚！"

赵渝用胳膊碰了下张小婧，道："这个……我们来公干。对吧？"

张小婧一秒变身点头机器人："对对对。"

顾婷又问："你们看专家简介干什么？"

赵渝说："我们了解一下医院的情况。"

张小婧："对对对。"

顾婷一脸疑惑："赵渝你小子感觉哪儿没对。"

宿敌：白夜星辰

赵渝连忙摆手："哦对，顾老爷子什么时候出院？"

他一时不知道该怎么给顾婷解释，要说自己来帮宋宝飞办插队就医，隐隐感觉有些不妥，自己可是立了军令状，要办妥顾老爷子的手术事宜。他只得施展顾家的绝技——"顾左右言他"，关心未来岳丈的出院事宜。

顾婷答："明天。"

"出院后呢？"

"回家等着手术号吧，哦对，你找人插队咋样啦？"顾婷问。

赵渝赶紧又支开话去："明天出院东西多吗？我明天过来帮忙。"

"不用了，我哥会开车过来。"

"那就好。"

顾婷说："托人的事儿别放心上，这事不好办，我问过我实习的第三医院的老师了，他们也说难。"

赵渝感觉脸上红一阵白一阵，自己真是不争气。

张小婧道："婷姐，等忙过这两天，我们来医院联系下保卫部，顾头出面找一下他们保卫部部长，看能不能找一下医生。哦对，你们是排哪个医生的号？"

顾婷指着墙上最高一排第三位医生："陆卫国教授。"

"陆卫国？"赵渝把这名字记下了，他迅速扫了一眼简介，这位陆医生头衔惊人，精神矍铄，堪称泰斗人物。

张小婧和赵渝对望一眼，这是高人啊，保卫部估计没什么办法。

顾婷觉出异样，连忙摆手："没事没事，我报考了光明医院的考试，要是考上了就打入内部了。"

张小婧笑了:"不错不错,打入内部开展工作,你这思路和顾动很对路。"

赵渝白眼翻得老高:"等你考上,顾老爷子都痊愈了!"

顾婷一敲赵渝脑门:"我下周就面试!"

赵渝没好气:"省省吧,你考进光明医院,也不见得就能给老爷子安排手术啊,这医院'绿色通道'还要排队呢,关键得看医生的手术时间。"

顾婷用力掐赵渝:"你会不会聊天,会不会聊天啊!嗯?你知道这医院有'绿色通道'?"

赵渝连忙摆手:"嗨,我猜的,这哪个医院没有点特殊情况啊。"

三人正说话间,赵渝的手机响了,顾动在电话里叫他归队,看守所那边的提解押送已经说好了,具体押解宋宝飞就医的事得和大家商量一下。

就在这个时候,张小婧手机也响了,她接了起来,电话那头的医务部告诉她,给宋宝飞检查眼睛的事,已经确定好了,让他明天一早就可以来检查。

这插队插得好快,张小婧抬起头来,和顾婷目光相接,她神色有一丝不易察觉的心虚,也不知道顾婷有没有听到电话里的话。

顾婷揽了一下头发,神情有些疲惫,说:"快忙去吧,你们都忙大事,记得提醒我哥按时吃饭,还有,少喝点咖啡。"

她明明满怀关切,赵渝却感觉颇为难受,他一把抓住顾婷的手,真切道:"等忙过了这事儿,我非找人搭上陆教授,给顾老爷子提前安排手术不可!"

⟨11⟩

发小大春儿

回说罗特和金宰佑两人,各怀鬼胎,相互算计,可是在寻找宋宝飞一事上,却达成了一致。涂孟辛手上的口令卡,一定要设法收回来,要是落入警方手中,就有被破解的可能,那损失就大了。

现在中国出入境管理十分规范严格,罗特如要换个身份潜入中国境内,需要费几天波折。

就在罗特想方设法潜入中国时,金宰佑"唤醒"了蛰伏中国境内的一个长期的门徒,这人已然在中国境内多年。

此人叫岳大春,是一家医疗器械公司的业务员,江扬市人,因为公司业务的缘故,长期在锦川逗留。岳大春是在一次出国参加采购医疗设备的旅途中,被导师金宰佑看上,从而发展成为"骷髅成员"。

现在,导师给他交办了一件事,让他去找到宋宝飞。"情况会通过暗网渠道发给你,他估计被警方抓了,你能不能去找一些路子打听打听。"

岳大春来劲了:"没问题!锦川还有我打听不到的事儿?我八方交友,兄弟三千!"

导师在网络那头有点烦了,这人牛皮吹得跟龙卷风似的。

岳大春感觉到自己有些吹过了,赶紧想拿出一件实例来证明自己,他说:"您有所不知,警方托人找关系,还得来问我。"

"哦?这事儿有意思。多大能耐,你还能给警察办事儿?"

岳大春接着炫耀:"我在江扬市有个发小,小警察一名,他托我打听光明医院能不能找专家插队,这医疗圈的事儿,找我准没错!"

"那你给他找到关系了吗?"

"没,暂时还没。我这两天忙着挖比特币,没空理他。"

金宰佑清了清嗓子,语气里充满鼓动力:"好了,大春儿,导师得交代你一个任务,就去拉你这发小下水,想办法策动他,打听宋宝飞的情况!"

这岳大春说的,正是赵渝。

赵渝为了给顾婷托人找关系,把所有跟医疗行业沾边的朋友都问了个遍。他当晚在省厅招待所里,找了两名比较有谱的朋友,一名叫"三子",一名叫"大春儿"。"大春儿"当然是发小之间的昵称,就像岳大春叫赵渝,叫"大鱼儿"。

岳大春从小爱闹腾,这一点赵渝是知道的,热血青年,怀才不遇,愤世妒俗,这些都很正常;可是赵渝估计做梦都想不到,这岳大春竟然有这般出息,还能和境外的金宰佑搭上关系。

此时的顾动还不知道,这个岳大春将成为侦破这个案件的一个契机。

顾动难得请了一天假,去接顾老爷子出院。他们回家的时候,媳妇黄静正在包粽子。

顾动看得直摇头,敢情这粽子包治百病。

中午家里一起吃了个饭,顾老爷子眼睛视力有些模糊,一家人争着给他夹菜。

顾老爷子嘴上还硬朗,说:"这样挺好的,以前没人伺候,现在人人伺候。"

顾动和顾婷、黄静商议,老爷子这些日子就不要外出了,老母亲在家照看一下,顾婷先解决工作问题,好好准备面试。

顾婷说:"我感觉压力山大。"

席间,顾动又问顾婷和赵渝怎么样了,顾婷说:"好着呢,你要有本事就把赵渝给调上来啊。"

顾动说:"没辙,我没这本事啊,要不你委屈下,考到江扬去,江扬的医院也不错。"

顾婷不乐意了:"老头子你管不了,连妹子的终身大事也不管,你说你天天忙,天天忙,啥事都不管用。"

顾动赶紧给她夹菜塞嘴:"你嫂子都没发表意见,你发什么牢骚?"

黄静报复性地给顾动碗里塞了两个粽子,眼神里写着"必须吃完",说:"我要发表意见,早就打架了。"

顾动笑了:"袭警可不行,袭警事儿很大。"

顾婷说:"没事儿,家里有医生!"

顾老爷子哈哈大笑:"我当年做过一段时间游医,我能接骨。"

顾婷又问嫂子黄静:"最近工作忙什么呢?"

黄静说:"各种各样的稿子,策划各种各样的节目,忙得不可开交。另外，明天还要陪雅莉教授去市里边转一转。"

顾动心里咯噔了一下，雅莉教授长期公开反对金宰佑，此次召集国际学术会议，也是发起对"骷髅"的集思广益，进行对策研究。他隐隐觉得，金宰佑的"飓风"和雅莉教授来锦川召集的这次"国际反恐怖犯罪学论坛"有关。

这案子得尽快侦破，粉碎境外敌人的阴谋。

黄静看顾动不说话，问："怎么了？突然沉默了。"

顾动摸着头："没，没，我想着工作上的事儿。"

顾婷说："好羡慕你们能那么忙。"

黄静说："等你工作定了，抓紧把婚结了，你就能体会到什么叫没有最忙，只有更忙！因为女人有了家庭，还要带孩子！"

顾婷说："我不生总行了吧，我就喜欢一个人享受生活。"

黄静笑她："啧，这话问过你未来对象没有？"

顾婷说："还用问，异地恋不解决，什么都没辙。"

黄静问："怎么在你们'新生代'那里，'距离'反而成了'问题'？"

顾婷歪着脑袋："那些说'距离不是问题'的，都是哄鬼。"

顾动说："我回头给赵渝说说，看看他有没有办法哄鬼。"

顾婷用力掐她哥的手臂："你会不会聊天，你会不会聊天！"

饭厅里又是一阵笑。顾小宝在一旁说："好热闹啊，很久没有这么热闹了。"

空气突然宁静，这可真是童言无忌。

顾动的筷子停了下来，在他的记忆里，确实很久没有一家人一起吃饭了。

他现在满脑子都是工作，都是案子。

吃完饭后,顾动和黄静两人回了房间,一边收拾孩子的书包,一边聊。

黄静推了推顾动:"我有个事儿啊,你帮我出个主意。"

"啥?"

"你那个同学,我们台的栏目制片人,米山。"

"米山咋了?"

"他不还一直单身吗?"

顾动问:"估计找不上合适的吧。"

"你觉得他哪里不好?"

"说不上来,我和他风格不搭。"

黄静笑了,说:"你就是嫉妒人家,米山不光是我们台的人,还是畅销书作家,写了很多小说作品。"

"有什么好嫉妒的,干我们这行,甘于寂寞,和他这样活跃在聚光灯下的人,风格不大对路。"

黄静眼睛一眨:"可是我想给他介绍女朋友。"

顾动道:"啊?你想把顾婷介绍给他啊?我不同意。"

黄静说:"瞧你说的,我想把我闺蜜介绍给他!"

"你闺蜜?"

"对,林双。"

"谁?"顾动眉毛一皱。

"林双,咋的,你认识?"

顾动摇头:"不认识。"

"你没见过,在银行上班。"

顾动神色不动,问:"具体是干什么的?"

黄静一耸肩:"具体嘛,我也不知道,不过人挺漂亮的。"

她掏出钱包里一张二人的合影，二人身高相当，在一处繁华的网红商圈打卡拍照。林双眉目姣好，容貌艳丽，一袭黑裙搭配一双宝蓝色高跟鞋，气质出众，足足把黄静压了一头。

顾动看着林双发了一会儿神，他目光留在那双宝蓝色高跟鞋上。

黄静问："咋了？"

顾动答："这双鞋真好看。"

他面容不经意地动了一下，岔开话："条件不错，可这年纪咋还单身？"

"估计找不上合适的呗。"

"那你看着办吧，米山这家伙，是个'颜狗'，没准能成。"顾动收拾好了东西，准备出门。

黄静喊："那我明天就约上他们，和雅莉教授一起吃饭。"

"行，让米山那家伙买单！"顾动上车，往单位走。

此时的顾动不知道，妻子黄静已经成为金宰佑和罗特组织的袭击目标。

她好意成全米山和林双，却不承想自己将置身于一场绝杀之中。

金宰佑的"飓风"到底有多少人，都有谁？

罗特入境后到底要干什么？

敌在暗，我在明，一切都像老悬疑电影里那样，所有的杀机都暗流涌动着。

顾动需要和时间赛跑，尽快破获全案。

⟨12⟩

古籍

去往单位路上的顾动接到通知，宋宝飞的检查结果出来了。

会议室里的郑新立等人看着报告单，里面一堆专业词汇，颇有些费解："专科查体：VOD HM，VOS 0.02，10P OD 8.0mmHg，OS 20.5mmHg……右眼结膜无充血，角膜透明，KP（-），前房深度正常，AR（-），瞳孔圆约3mm，光反射灵敏，晶体后囊轻度混浊，玻璃体轻度混浊，可见色素细胞漂浮，右眼视网膜颞侧约一大小5PD裂孔，裂孔周围卷曲，视网膜全脱离，视网膜表面可见增值膜……"

郑新立耐着性子看完，转头问顾动："这都说的啥？"

顾动连自己老爹的报告都没研究，哪能认真看这个，隔行如隔山，纠结这么多干吗，直接翻结论——"右眼孔源性视网膜脱离"。

顾动说："感觉挺麻烦。"

郑新立说："你什么时候怕过麻烦？"

顾动问："要不要移植视网膜什么的？"

赵渝说:"不需要,光明医院能治,而且光明医院能治他的医生也就这么几个。"

赵渝和张小婧带宋宝飞去做的检查,检查医生也给出了建议,目前宋宝飞的视网膜并没有完全脱落,只是脱离后产生了一些蜷缩;通过精密的眼部手术,是可以把视网膜摊平,然后使用硅油固定,让视网膜重新生回眼球,做这种精密的手术,得是专家级的医生。

郑新立喃喃道:"现在医学都这么发达了?"

顾动问:"你都多久没进过医院了,胡厅叫你体检,体检,体检,啥时候落实一下啊。"

郑新立不接话,顾左右而言他:"那下一步你们打算怎么办啊?"

赵渝心里嘀咕,这"顾左右而言他"的毛病能传染?

顾动答:"既然决定了要保障宋宝飞的就医,那么我们需要好好准备,明天赵渝和张小婧去联系一下医院,和专家预约一下,再走一次'绿色通道'。"

"我来说吧,"郑新立指示,"在这个期间,赵渝你们去提审宋宝飞,让他知道自己病情有多复杂,如果没有我们帮助,他可能面临失明的危险……"

赵渝说:"放心,我会的。"

郑新立又说:"你务必要向他示好。"

"好的。"

"你要用春天般的温暖……"

赵渝:"……"

郑新立接着说:"这个犯罪嫌疑人,陆卫国教授可以治。"

顾动和赵渝一抬眉毛:"领导你已经知道了?"

郑新立并不接话,继续说道:"陆教授的手术号已经约好了。两天后,赵渝、顾动、张小婧和罗田负责押上他,到光明医院五楼最东边的诊室有一个专门给他留的手术间,他将接受全身麻醉,然后推进手术台,手术的时间估计两个小时,你们安排两名警力守在外面。"

"是。"顾动说。

郑新立接着说:"当他出来之后,他麻药效力未退,估计得观察两个小时,这个时候赵渝和张小婧把他推到6号专用电梯,然后接到二楼靠西面的201看护房。到了看护房后,他会在下午5点左右清醒,然后说自己眼睛剧痛,并伴有剧烈颤抖、呕吐,这时候张小婧需要去乘坐专用电梯,上5楼去找陆教授……"

顾动越听越迷惑,他看了看赵渝,领导今天这是什么情况,诸葛孔明运筹帷幄啊?

赵渝回他一个眼神:这可不是运筹帷幄,这是未卜先知吧。

郑新立有意无意地看了赵渝一眼,赵渝闭上了嘴,他继续说:"然后,宋宝飞会给你说,他有重要的线索要告诉你。"

"什么线索?"赵渝警惕地问。

郑新立面色凝重:"我怎么知道是什么线索?"

顾动问:"那领导您怎么知道……"

郑新立面色更冷峻了,道:"他不光要给你报告线索,还会要你支开罗田在内的其他干警,他说他害怕被人知道遭到报复,就只能说给你一个人听!"

顾动和赵渝等人坐得笔直,他们被郑新立这一大段详细的故事预告吸引,到底宋宝飞会说出什么线索,如此神神秘秘?

"接下来,他会趁人不多的时候,塞给赵渝一个板凳或者床头柜什么的,用来阻挡赵渝,然后他自己会猛地向后退去,撞破玻璃窗户,从二楼跳下去!想要脱逃!"

顾动等人把心提到了嗓子眼,仿佛就置身在宋宝飞脱逃的现场。

郑新立停顿了下来,众人不说话看着他。

顾动问:"领导,这是你的假设,还是……"

郑新立转头问:"赵渝,如果你在这样的情境下,你会怎么办?"

赵渝豁然起身道:"领导放心,我不会让他跑掉,我也不会掉以轻心!"

郑新立沉声道:"可是如果我说,你还有另外一个选择……"

"还有一个选择?领导,您是说让我故意放了他?"

郑新立盯着赵渝,眼神如刀,一字字道:"对,放了他。"

赵渝摸着头:"难不成要像那些俗套的小说里那样,我放了他,再贴靠他?这已经过时了啊,这无异于是哄鬼啊。"

"哄鬼这种事,关键得交投名状。"郑新立从桌上滑给赵渝一个资料夹,"拿着,这就是你的投名状。"

赵渝翻开资料夹,里面是一本陈旧的皮册子,旧得有了些年岁,他翻开它,是密文。

这是金宰佑的"古籍"文献!早年金宰佑在北非一带"布道",后被当地警方驱逐,据称他有十卷"古籍"遗失。不过国际研究认为,所谓"古籍",不过是金宰佑自行编撰,用以迷惑他人的文章。

"要得到自由,必先借到光……"

赵渝猛地感觉脑子一片眩晕。

⟨13⟩

看眼睛

太阳照常升起,城市的车水马龙揭开了新的一天。

经过两次检查,宋宝飞的眼睛已经有了医治方案,手术也确定了日期。

在押解宋宝飞赴医院手术之前,赵渝按照领导的要求,去看守所和宋宝飞谈了两次。

宋宝飞内心对组织依然极度恐惧,这种极端组织,一旦加入,就会给你思想上锁上枷锁,让你心有所惧,不敢背叛。他两次和赵渝的谈话,明显有所保留。

不过,庆幸的是,宋宝飞对赵渝却也生出了依赖的感觉。这种感觉很微妙,从赵渝上次给他看了他小孩的视频之后,宋宝飞内心里就对赵渝的戒备心降低了几分。在这两次谈话中,赵渝没有继续穷追猛打地刨宋宝飞内心深藏的秘密,他有经验,这样的犯罪嫌疑人,如果不能先解除他的恐惧,他的思想是无法释放的。

极端教义最要命的地方,就是能把人的思想控制住。光靠几次交心谈心，或者政策教育，很难把宋宝飞根深蒂固的思想改正过来，特别是他对背叛组织可能遭受某些报复的恐惧。

赵渝这两天跟宋宝飞聊得最多的，是宋宝飞的成长经历，以及家庭情况。

两次谈话的效果到底有多少，不大好评估，不过对于宋宝飞来说，他能够感觉出赵渝是个特别的人——赵渝是个可以"理解"宋宝飞这类人的警官。

在审讯室的监控摄像头下面，赵渝可能有些话不能说得太显，可是宋宝飞却能感受到赵渝所释放的善意。尤其是赵渝前几天带着他去做术前检查，平心而论，宋宝飞这样的情况，莫说是自己已经成为在押犯罪嫌疑人，即便是他好好地在外面，也不可能进入这家医院的VIP通道。

赵渝营造了一种假象——他是部分认同金宰佑的思想观点的，也就是说，他是可以被宋宝飞拉拢的，同时，他也是同情宋宝飞的，他竭力保障了宋宝飞的就医权利。

就在最后一次谈话结束之后，赵渝抛出了一个问题："你是怕'背叛组织'多一点，还是怕失明后再也不能'看见'你孩子多一点？"

宋宝飞沉默了，他眼睛包扎着纱布，他没有回答。

讯问室的光打在他的脸上，有一种穷途末路的感觉。

他的眼睛本来就有疾病，他长年用金宰佑的"咒语"祈祷，希望有一天能有神力把他长年的眼疾给一次摘除。

赵渝告诉他："手术的问题已经解决了，我们保障你的权利。"

宋宝飞那石头般的脸，突然颤抖了一下。

宿敌：白夜星辰

这可真是讽刺,"导师"的咒语没能把他眼睛医好,现在他故意把眼睛弄伤,意图躲避法律的制裁,可是法律却要保障他就医,警方却要医好他的眼睛。

赵渝起身欲走,突然停下了脚步,随口背诵了一段金宰佑的"教义",宋宝飞惊呆了,这些教义比他背过的还要精深,这是只有组织里最上层的"门徒"才可能接受的"亲传古籍"。

监控视频面前的顾动很满意,赵渝拿捏得很有分寸,够了,留给宋宝飞一个晚上去尽情猜想。

翌日清晨,赵渝率领押解小组,从看守所里把宋宝飞提解了出来。

两台车,一前一后,后车是押解车,前车是开道车。

宋宝飞戴着眼罩,双手上铐,双脚上镣。宋宝飞从看守所铁门出来的时候,差点被脚镣绊倒。他喊了两声"赵警官"。赵渝上前,吩咐干警给他打开了脚镣。

赵渝拉高了声音,宣布了押解纪律,要求宋宝飞配合工作,否则将无法再见光明。

宋宝飞一头钻进了警车,摸索着坐在后排中间位置,他的两边是强壮的干警。

车辆迎着城市的晨光出发了。

押解全程是没有人说话的,赵渝坐在押解车的副驾上,罗田开着车。

赵渝从后视镜里看了一眼宋宝飞,这厮好像睡着了,看来昨夜脑子没少各种思考。

他把手靠在车窗上,闭目养了一会儿神。也不知过了多久,赵渝的思绪被汽车喇叭声拉了回来,他猛一抬头,车已经抵达了光明医院。

医院的停车场是一个下坡道，随着车辆的深入，光线快速变暗。

顾动从前车走了下来，给赵渝比了一个加油的动作。

就医的过程很顺利。

一切都按照郑新立预计的那样。唯独有一点点变化，宋宝飞在进入医院电梯前，他拉了一下赵渝的袖子，说："赵警官，你昨天问的，我想了一夜，我没得选……"

赵渝昨天问他的一个终极问题："你是怕'背叛组织'多一点，还是怕失明后再也不能'看见'你孩子多一点？"

赵渝不动声色，他知道宋宝飞已经动摇了。

"惧怕"让人无法选择，而"动摇求生"才会让人思前想后。

宋宝飞一定还掌握有很多的信息，他和涂孟辛搭档多年，他不可能一点都不知道涂孟辛手上的秘密。涂孟辛可不是个保守秘密、遵守规矩的主。

宋宝飞做完一堆当日术前检查之后，于中午时分被推进手术室。手术进行得很顺利，大约两个小时后，他被推了出来。

当他出来之后，麻药效力未退，护士吩咐得观察两个小时。赵渝和张小婧把他推到6号的专用电梯，然后接到二楼靠西面的201看护房。

赵渝看了看表，郑新立昨天就预言好了，宋宝飞会在下午5点左右清醒，然后说自己眼睛剧痛，并伴有剧烈颤抖、呕吐。

这一切自然被一一应验。大约在5时许，宋宝飞清醒过来，坐定一会儿之后，说自己眼睛剧痛，随即开始颤抖、呕吐。

张小婧在接到顾动指示后，前往楼上去找医生。

现在，房间里只剩下罗田、赵渝和宋宝飞，还有两名干警守在房间门外。

宋宝飞说："赵警官，我想通了，我有个重要情况要给你说。"

赵渝问："什么情况？"

宋宝飞虚弱地道："我只给你一人说，我怕'背叛组织'。"

赵渝板起了脸："那就等回到看守所里再说。"

宋宝飞开始轻咳，一边咳，一边喊着："水，水。"

赵渝给罗田打了一个眼色，罗田背了过去，走向饮水机。

蓦地，宋宝飞抓起了身旁的凳子，用力向赵渝扔了过去，他麻药虽然刚过，可是手劲却不小。

赵渝闪过凳子，发现宋宝飞自己已经猛地弹起，他快步向后退去，撞破房间北面的玻璃窗户。

这房间北面的玻璃窗户下，是医院的背后空地，地面上停着一台满是灰尘的小车。

宋宝飞落地之后，立刻向小车滚了过去，他拉开车门，快速钻了进去。

很明显，这是有人来接应宋宝飞。

宋宝飞钻进了小车的后排，说明前排必然有人坐在驾驶位上。

罗田大惊失色，赶忙回身，他顾不得手上拿着的水杯，迅速掏出配枪，追了过去。

楼下的小车并不急于要走，像是在等待什么人。

赵渝站在破碎的玻璃面前出了一秒神。

这短短的一秒却好似很长。

他的心迅速闪回到了昨天晚上的情景。他昨天晚上和顾婷见了一面，整个约会过程他显得有些心不在焉。

顾婷问他怎么了，他也说不上来，就是感觉情绪有点低落。他细细一想，觉得问题应该出在那本古籍上，按照领导的要求，他背熟了那本古怪的古籍，那些洗脑的"教义"像是有魔力般往他脑子里钻，让他情绪很"丧"。

他越熟读金宰佑这些歪理邪说，越觉得肩上任务沉重，他明天将要执行押解任务，带宋宝飞去做手术，他已经预知了这次押解任务会出什么问题。

但是他不能告诉顾婷，关于案件和任务的一切。

顾婷提议去私人影咖看了一场老电影，电影名是啥赵渝都没留意，依稀记得男主即将要上前线战斗，他和爱人作了最后的道别，在国家和个人的选择上，男主选择了前者，女主送给他一个吉祥符。影片进入了尾声，男主牺牲，吉祥符在银幕上出现了几次特写，显得特别凄凉。

赵渝不自觉地摸了摸自己兜里的纸飞机吊坠，触手生温。这枚吊坠是顾婷用实习工资给他买的。

不知怎么的，赵渝突然对第二天的任务萌生了"吉凶未卜"的感觉。

他对顾婷说："电影快结束了，我可以牵一下你的手吗？"

顾婷扑哧就笑了："赵大鱼儿你套路挺深啊。"

她还是把手给了他。

赵渝只是嘿嘿笑。

顾婷问："谁给你的勇气，梁静茹吗？"

赵渝不说话，只是笑，半天吐出两个字："等我。"

电影终于散场了，两人牵着手坐到了最后，坐到整个影厅只有他两人。

"赵渝你今天怎么了?"

赵渝说:"我可能要离开一段时间。"

顾婷问:"是有工作吗?"

"对。"

"危险吗?"

"不危险,有你哥在。"

"那你什么时候回来?"

赵渝哽咽了一下,还是说:"等我。"

其实,这两个字,是世界上最重的字。

罗田的喊声把赵渝拉回了现实,罗田已经扑到了窗边,持枪对准了楼下的车辆。

赵渝伸手拦住了罗田,然后重重给了罗田一拳,把罗田揍到了地板上。

这一切,都被那台小车驾驶座上的人看得清清楚楚。

那人摇下了窗户,冲赵渝喊:"快!快啊!"

赵渝听得明白,此人正是他的发小岳大春。他长吸一口气,跟着宋宝飞撞碎的窗户洞,一咬牙,也跳了下去。

他着地一滚,流畅地钻进了轿车。

车辆猛地发动,从医院后门停车场快速窜出,猛窜着、横冲直撞,像玩命一样,逃向了远方。

201号看护房的窗台边,顾动远远看着这一切。

⟨14⟩

相亲杀局

就在顾动和赵渝正要把宋宝飞推进手术室的时候，黄静领着顾动的导师李雅莉教授登上了488米的电视塔旋转餐厅，准备共进午餐。

随行的还有黄静栏目制片人米山。

米山是顾动的同学，也是李雅莉教授在政法大学的学生。

三人找了一个靠窗的四人桌就座，把整个城市的景观都收到了眼底。

落座后，米山问黄静："还有谁？"

黄静说："一会儿你就知道了。"

黄静今天除了陪雅莉教授吃饭外，还有一个特别的任务，那就是把闺蜜林双介绍给米山。

雅莉教授问黄静："顾动这小子，在忙什么呢？"

黄静一耸肩："不知道，干他们这行，就是神神秘秘的。"

雅莉教授道："干他们这行，工作纪律很重要啊。"

米山给黄静和雅莉教授铺好餐布,雅莉教授对米山说:"还是你好,随时能叫过来陪着老太婆。"

米山笑着说:"我就是不成器,没学到专业本领,就只能去别处了。"

雅莉教授眯着眼睛:"这也是人各有志,我记得你在学校的时候,最好的一门课,是枪弹鉴定课。"

米山道:"其实我这人有个毛病。"

雅莉教授问:"哦,说来听听。"

"我从小鼻子嗅觉异常,对枪油尤其敏感,隔着老远都能闻到枪油的味儿,难受。我要是毕业后加入到警队,恐怕一辈子都要离枪支弹药远远的。那就还是退而求其次吧,搞法治节目,也挺好的。"

"枪油是什么?"黄静问。

米山说:"就是枪机的润滑油,枪支需要定期保养擦拭、油封,防止腐朽生锈。枪油一般是多硝基硅,添加一些起到清洁作用的矿物,枪支长期击发产生高热,会让这种保养油发生一定化学反应,产生独特的味道,所以我们说的'枪油味儿',并不是说'枪油'本身有特别的味儿,而是指燃烧击发过,又上了油进行保养的混合'枪支味儿'。"

黄静笑道:"这么专业?我听米山你这意思,我们电视台工作埋汰你了呀?"

雅莉教授喝了一口茶,慈祥地看着米山,说:"你那会儿喜欢写文章,啊,不是论文那种,你写的我其实不大看得懂,你那会儿是你们年轻人说的'文艺青年'。"

米山笑道:"写东西是我的梦想啊,人若没有梦想,那和咸鱼有什么分别？"

黄静道："现在你是畅销书作家，典型的钻石王老五，打算什么时候成个家啊？"

米山道："电视台好是好，可是美女太多，我现在还没着落。"

雅莉教授说："这事儿交给黄静办，得找一个和黄静一样贤惠的。"

"今天就是拉米山来相个亲。"

米山眉毛一跳："啊？哪有这样相亲的，你还不早说！"

雅莉教授笑着说："中文里有句叫'择日不如撞日'，黄静倒是事先给我说过，今天要介绍你认识一位好女孩儿。"

三人正说着话，林双走了过来，黄静招手呼她："林双！"

米山抬起头，就看见一个丽人走了过来。林双眼睛大大的，似有星辰，白皙的皮肤，一水的灵气，两个圆形绿松石的吊耳环衬得气质绝佳。

米山在电视台看过了许多"颜值担当"，可是林双的颜值和气质，依然深深把他震撼。

他读过很多描写一见钟情的句子，可是当这种场景落到自己头上，他才明白那句文学圈里最有名的谚语——一万句客观描写远不如一次主观体会。他心中默念："喜欢一个人，始于颜值……"这话本来后面还有几句"陷于才华，忠于人品……"，此刻的米山脑子里就只剩下"始于颜值"！

黄静给二人介绍，她发现米山有些不知所措，说："这位是我闺蜜林双，这位呢是我们大才子米山。"

林双道："您好，听黄静说起你很多次了，你最近那本推理新书，我已经拜读了！"

米山有点不好意思："林女士，你，你好……"

黄静调侃道："咋了，大才子，结巴了？"

米山颇有点不好意思："事前没有节目预案，有点紧张啊。"

黄静和林双咯咯直笑，雅莉教授说："二位呢今天就算认识了。这位林双女士可是你的读者啊，你们好好彼此了解一下吧。"

林双性格开朗，笑道："我把米山老师的书都看完啦，米山老师的作品有着很强的现实主义和人文关怀，要是拍摄成为影视剧，就更好了。"

四人正说话间，厨师推着餐车上前来了。厨师是位米其林大厨，戴着高高的厨师帽，用卫生口罩蒙了脸鼻。

雅莉教授说："今天的主菜是烤羊？"

黄静道："这家餐厅是融合京菜，烤羊很不错。"

她说完又悄悄问林双："中午大吃一顿，晚上就可以不吃了，没问题吧？"

林双碰她胳膊一下："没吃饱哪里有力气减肥？"

两人笑了起来。雅莉教授看得出来，黄静和林双是很要好的朋友，她想把米山介绍给林双，自然也是对米山大为认可的。不过米山从来就有个毛病，见了陌生女孩儿会手足无措，这毛病从大学时就有。

"米山，你说点啥啊。"黄静说。

"我，我说什么呢。"

"平时节目里你特能说啊。"

"平时节目有预案。"

黄静："……"

前菜端上了桌，众人开始品尝美食，黄静怕冷落了米山，又抛出了米山作品里的话题。

林双道："给我们讲点故事吧。"

米山终于打开了话匣子，林双撑着下巴，听着米山侃侃而谈。米山不敢看她，故意把眼神都集中到了黄静那儿。

这人虽然像个闷葫芦，可是一聊起创作，简直判若两人，眼睛里直放光。

几碟前菜吃毕，厨师从餐车之下拿出了刀具，烤肉的火候已经差不多了，他揭开了锅罩，准备给顾客把羊肉剔好。

蓦地，正在讲故事的米山突然浑身一震，他嗅了嗅周遭，神色古怪至极。

雅莉教授问："怎么了？"

米山侧过头，看向正在剔羊肉的厨师，那厨师不经意间和他目光相接，迅速低下了头。

米山站了起来，想要走近去闻得清楚些。厨师撒出一把香料，烤羊肉的铁板滋滋冒起油花，一股香味扑面而来，可口的美食正在迅速成型。

米山凑近厨师身边，问："师傅，您是哪里人？"

这家餐厅他经常来光顾，有时候带台里客户过来，有时候和朋友几人小聚，铁板烤羊这道菜的大厨，基本上都见过。

今天这位却面生得很。那厨师并不答话，假装没听见。

米山心下再无怀疑，他分辨得清清楚楚，从这厨师推着餐车走近，他就察觉到了一丝异样。这厨师身上，有枪油的味儿。

不是菜油核桃油椰子油，也不是牛油猪油，枪油是枪机的保养油，市面上最常见的枪油就那么几种，气味都很相近，是多硝基硅。

  他从小嗅觉异常,对枪油特别敏感,即便是混杂了别的强烈气味儿,也能分辨得出。

  米山一挥手:"师傅,这羊肉我们自己来剔,您歇着吧。"

  他说完,就伸手去按厨师手里的剔刀。

  厨师的眼神变了,他斜眼看了米山一眼,猛地从餐车底下抽出一把自制枪支,枪口指向了雅莉教授。

  随着黄静和林双一声惊呼,米山已经扑了上去,他撑住了杀手举枪的手。

  米山和杀手扭打到了一处,他和顾动是同学,在大学里也曾学习过最专业的擒拿搏击课程,可是这些年疏于操练,技艺就打了折扣。

  米山心里只有一个念头,桌上就自己一个男性,必须挺身而出。

  "报警,快报警!"

  餐厅里一阵混乱,各种声音响成一片。

  二人扭打中,枪支抛落地面。

  杀手一脚重重踢倒米山,米山爬了起来,向手枪的落点扑去。杀手抓起一根板凳用力地砸向米山后背,米山只觉得自己好像断了几根骨头。

  杀手想要再次捡起枪支,米山忍着痛扑了上去,死死拉住了对方。

  他写过无数次警匪对抗的情节,没想到自己身临其境,会如此惊心动魄。

  米山喊:"走!带老师先走!"

黄静终于恢复了冷静,她拉起了林双和雅莉教授,往外面跑去。

　　杀手抓起一个重物,向雅莉教授等人掷了过去,黄静一把推开雅莉教授,那飞掷而来的重物,狠狠打在黄静的胳膊上,她只觉自己胳膊骨折了。

　　米山再次被杀手踢开,杀手上前几步,用力踢,用力出拳,米山被打得满脸是血,几乎失去了任何反抗的力气。

　　杀手捡起了枪,对准了他。

　　"想逞英雄,就要认命。"杀手狠狠地说。

　　米山全身痛得无以复加,他闭上了眼睛。

　　"砰——"枪响了。

⟨15⟩

计中计

岳大春驾车飞奔出城，不敢在城内多待片刻。为了躲避追查，在车辆进入绕城高速公路之前，他下车更换了车牌。

出城后的岳大春开车越发狂野，跑了一段高速之后，又转国道，跑了一段国道之后，干脆转到省道里去。

从锦川向西100余公里，就能进入美丽的高原地区，赵渝辨明方向，这岳大春是想往高原上跑。

不过，岳大春的车技真是差，赵渝在车上被晃得有点想吐。他看了一眼刚刚做完手术的宋宝飞，这家伙一直没吭声，估计更难受。

赵渝在车上摸到一个软垫子，给宋宝飞脑袋枕上，缓解一下颠簸带来的痛苦。宋宝飞焦头烂额的神情上闪过一丝感激。

夜黑风高，也不知道岳大春开了多久车，终于在一处村落停下。

此时的宋宝飞已经昏迷过去，赵渝和岳大春二人从车上将他抬下，往一处厂房里走。

厂房外观破旧，打开铁门里面却全是电脑和主机服务器。

岳大春这些年靠"挖比特币"发了点财，为了节省开支，把公司搬到了高原村镇，享受电价优惠。

赵渝和岳大春直直进到最里面的小木屋，找了张床把宋宝飞放下，给他翻了个面，脸朝下，趴在床上。

这是刚刚做完视网膜修复手术的静养姿态，陆教授已经专门嘱托过了。

二人累得瘫坐在地上，经过一场逃亡，终于可以出口大气了。

岳大春和赵渝是从小到大的发小，怎么突然就变成了协助宋宝飞脱逃的同案犯，敢情郑新立和顾动这是唱的哪一出？

回说岳大春领受了金宰佑的任务后，四处打听宋宝飞的情况，终于在自己发小赵渝那儿有了进展。赵渝先是很警惕："大春儿你打听这个干什么？"

岳大春说："他家属托人请律师，想了解下情况。"

赵渝板起了脸："既然是家属委托律师，那让律师来申请会见，你在中间跳个什么劲？"

岳大春说："现在推荐律师，都要拼关系，我知道的情况多一点，才好证明我推荐的律师能'捞人'。"

赵渝更不悦了："案件尚在侦办过程中，不能告诉你。"

岳大春给赵渝塞了一个红包，说："既然案件的内容不能说，那犯罪嫌疑人的身体状况、衣食起居，这些总可以给我说说吧。"

赵渝把红包推了回去："大春儿你是不是讨打啊，跟我还玩这个。"

岳大春转过话头，说："上次你托人去联系陆教授，想给你未来岳丈做手术,这事儿我已经有谱了。"

赵渝立马来了精神:"真的,那就太感谢了。"

岳大春摸着赵渝退回来的红包,像抚摸一只怀里的猫,他缓缓说:"不过啊,中间有些需要打点的环节,你肯定能理解。"

赵渝摸着下巴:"你说吧,要怎么弄,我给陆教授好烟好酒伺候上。"

岳大春笑了:"现在都什么年代了,当个警察能挣多少钱,咱俩还见什么外,需要打点的环节,我已经安排好了。"

赵渝说:"多少?我手机转账给你。"

岳大春又道:"不用不用,我就想知道,宋宝飞现在情况怎么样了,我给家属推荐律师,我有业务提成。"

"你怎么什么钱都挣!"赵渝说,"这样,我去打听一下,我明天给你信。"

第二天,岳大春就收到了赵渝的电话,宋宝飞将会做一系列检查,然后确定一台视网膜修复手术,检查的时间地点,等等。

宋宝飞在进行正式的手术之前,提解出看守所做过两次检查,岳大春就是在检查间里,寻找到了机会和宋宝飞进行了短暂的交流。岳大春长年跑医疗业务,绞尽脑汁总能创造出机会。宋宝飞与他一对身份,便知道是"导师"委托岳大春来找他。

岳大春在确认宋宝飞并没有出卖"组织"之后,决定设计救他。可是这个环节需要有人配合才行,于是岳大春又再次找上了赵渝,这一次摆在赵渝面前的是一张存有150万现金的银行卡。

当然,赵渝还提了一个要求,他说:"大春儿你说得对,当警察能挣多少钱,可是现在有钱我得有地方花才行,我还需要一个可以出境的假护照!"

赵渝看了看岳大春，这厮从小就听赵渝的话，跟着赵渝屁股后面到处跑，小时候二人没少闯祸。小时候那会儿，赵渝说什么，岳大春都听。赵渝信什么，岳大春就信什么。

那个时候二人同住在铁厂的院子里。铁厂是当年三线建设从北方迁南方的，岳大春的父亲是铁厂的职工，赵渝的父亲曾经在铁厂的派出所当过所长，所以两家关系一直比较熟。两小孩儿从来闯祸感觉天不怕地不怕。

小时候二人上学那会儿，都得带一个饭盒去学校，中午各自在学校食堂打饭吃，可是有一天岳大春把饭盒弄丢了，又不敢给家里人说，于是就只好躲在教室里挨饿。赵渝问他怎么办，他说只能慢慢存零花钱，重新买一个饭盒。赵渝又问，那你存够钱买饭盒之前，就不吃饭了？于是赵渝把自己的饭盒拿给了岳大春，二人分吃一个饭盒的饭菜。

赵渝上初中才从铁厂搬家出来。他一直和岳大春有联系，这些年岳大春怎么变成了这样，他想想既觉得可悲，又觉得可怜。

可是岳大春却丝毫没有可悲，也丝毫没有可怜之意，他心中越发得意，在金宰佑的"教义"里，拉拢和策动军警人员是极大的功劳。这些被拉拢策动的军警人员被认为是曾从事"邪恶"的罪行，如能在"导师"的教导之下迷途知返，最后可以登上天堂。而通过传播教义帮助这些军警人员"度化"的"骷髅成员"，也会被认为是积累了莫大的功德，比如岳大春。

当然岳大春不知道的是，从他开始向发小赵渝打听案件开始，就被顾动盯上了。这岳大春可不是单单做点医疗仪器的业务，这人业务很杂，居间倒腾、挖币赌博，什么都经手。

宿敌：白夜星辰

顾动正愁宋宝飞没有供出一些具体的、有指向性的人头线索，没想到赵渝的发小还主动送上门来了。

敌人的来路，就是我们的去路！当晚赵渝和顾动一合计，不妨虚与委蛇，第二天回个信给他，看看敌人到底要干什么。那岳大春对赵渝全无戒心，依然保持着当年的思维惯性，赵渝说什么，他就听什么。赵渝假意被他说服变节，要一起去境外挣钱快活，岳大春果然上当。

不消说，岳大春和宋宝飞在医院检查室内互对身份，自然也是在警方的监控之下。岳大春提出计划，决意先行收买赵渝，然后帮助宋宝飞越狱，他急于证明自己，急于立功，既然"导师"要求找到宋宝飞，那么他就设法把宋宝飞弄出去，让"导师"看看自己的本事。

此时此刻的岳大春更加相信赵渝的立场了，因为赵渝还带着一本金宰佑的"亲传古籍"。这册文献是金宰佑最初"布道"时使用，最后遗落在了北非，辗转落到了亚洲犯罪学会手里，成为研究金宰佑犯罪思想的重要依据。虽说这本"古籍"被人屡屡揭批是金宰佑自行杜撰，但是他依然在"组织"体系内将它捧得高高的，以便用以粉饰自己的"正统"。

郑新立手上的这本"古籍"，得来自雅莉教授。赵渝找到这本难得的"古籍"，交给岳大春和宋宝飞去归还"组织"。"导师"一高兴，还有什么好责怪的，别说死个涂孟辛，就是死十个也可赦免。

岳大春问赵渝："你什么时候觉醒的？"

赵渝心中没好气："老子一直都醒着。"

岳大春说："不是说你醒着睡着，我是说你什么时候开始信

'导师'的。"

赵渝一拍脑袋:"我不信他,他就是个神棍。"

岳大春问:"那你为什么要帮老子?"

赵渝看着他,眼睛里流露出贪婪,一字字道:"我只信钱。"

岳大春笑了:"我不急,我慢慢'度'你,你慢慢就会信了。"

赵渝心道度你个鬼,问:"我们现在要做什么?"

岳大春说:"我们要等人来接宋宝飞。"

赵渝问:"等谁?"

岳大春说出两个字,让赵渝浑身一颤,他说:"老头。"

〈16〉

张网

受伤的米山正在医院躺着，如果不是顾动安排的警员及时赶到，开枪击倒厨子杀手，那杀手近距离的一枪，多半就已经把这位才华横溢的跨界青年送去了天堂。

很明显，对方是冲着雅莉教授来的，这是一场有蓄谋的犯罪。押解宋宝飞出发之前，顾动老是觉得哪儿没对，眼皮直跳。他妻子黄静今天约了雅莉教授吃饭，带上了老同学米山，还准备给米山介绍女朋友。具体哪儿没对，顾动一时半会儿说不上来。

为了保证万全，顾动又调来一组人手，前去保护雅莉教授。

幸亏米山嗅觉灵敏，不然后果不堪设想。黄静顿时对这位文质彬彬的同事刮目相看，没想到米山还颇有血性。要不是米山拖住杀手，赶来的警员必定迟来一步。

杀手被抓住带回局里，受伤的米山被送往医院。

米山醒的时候已经是傍晚了，一睁开眼睛，就看见林双清丽的脸，林双眼里满是关切。

医生告诉黄静胳膊没有大碍，脱臼的关节复位后，绑上了一个夹板，得修养一阵。她说那没事，我得先陪雅莉教授去局里做一个笔录。

于是，就留下林双陪着米山在医院躺着。

林双见他醒转，柔声问他："躺久了想起来坐坐吗？"

米山点点头，林双把病床摇了起来，米山说："渴。"

林双拿起床头柜的热水："已经不烫了。"

米山喝了热水，舒缓了很多，脑袋虽然还嗡嗡响，可是已经恢复了神志。他想起昏迷之前，自己为保护三位女士的英雄壮举，竟然颇有些不好意思。

他乍见林双时，被其颜值惊艳，脑中一片糨糊。此刻自己躺在病床，林双悉心照顾，二人距离被迅速拉近，他终于不再紧张。

米山摸了摸自己挂彩的脸，说："实在抱歉，相亲见面弄成这样，怕是小说家也写不出来的。"

林双笑了，她一笑，眼睛弯弯的，像是有星光，说道："这样挺好，不被外表蒙蔽，是最真实的一面。"

她一语双关，米山听了也笑了起来。

米山说："我们做个自我介绍吧。"

"还需要吗？入院单上连血型都有。"

"入院单现在都这么'八卦'了？口头禅总没有吧？"米山反问。

林双笑得乐不可支："这句'人若没有梦想，那和咸鱼有什么分别？'已经在你的小说里出现了很多次了！"

林双真的看完了米山所有小说，真让米山感到振奋。

二人谈得高兴，从各种喜好谈到志趣追求，相亲相到医院来，这可能是头一回。

这会儿的顾动"送"走了赵渝、岳大春、宋宝飞，可不能跟得太紧，跟太紧容易暴露侦查意图。他回过神来就接到郑新立打来的电话，一个好消息，一个坏消息："坏消息是有人差点杀了你妻子和老师，好消息是你那位同学见义勇为，为干警支援争取到了时间。"

顾动急急忙忙赶到市局，把配合赵渝的指挥权临时移交给了张小婧。

他刚到市局大院的时候，正好市局的审讯组刚提审完第一轮，那杀手正被押着回到候讯室。顾动走上前，端详这厮："是你要杀我家人？"

这厮一副"死猪不怕开水烫"的样子，直勾勾看着顾动，嘿嘿直笑。顾动一股怒火直接顶脑门，挥手就要给这厮一拳，市局干警忙把顾动架开。

"动哥，动哥，算了算了，这人有点疯。"

顾动没好气："疯什么疯，是没有刑事责任能力，还是限制刑事责任能力，啊？"

顾动平日里好脾气，大有"不动如山"之称，这次是动了真怒，拉架的两三名干警架他不住，当场被甩开，他上前提起一脚……

"顾动！"黄静的声音响起。

顾动转过头，看见刚刚做完笔录的雅莉教授和黄静走出来。

黄静手臂上还缠着绑带和夹板。

黄静小声道："当众打嫌疑人，科长不想干了啊？快跟我回去。"

那厮此刻很欠揍地又笑了:"你能保护她一次,能保护她一百次?一千次?我们有的是机会,嘿嘿……"

"你!"顾动强忍着怒火,一时下不了台。

雅莉教授握着顾动的拳头,转头对那杀手道:"金宰佑的'门徒'现在都这么蠢了吗?在过去的斗争中,他总是输,如果你觉得你们有的是机会,那么不妨告诉你,我们就打一百次,一千次,打到你们全部进监狱为止。"

雅莉教授语速不快,却透着无限威严,那杀手被她气势所慑,竟兀自怕了。

雅莉教授柔声对顾动道:"坏人必须交给法律按程序办,不然我们和他们有什么分别?"

顾动气也顺了:"我知错了,幸好还没打下手去!"

"快打个电话问问米山,他情况怎么样了?"

顾动这才想起米山还在医院,他先把二人送上了车,这才给米山打电话过去。

医院里的米山见是顾动电话进来,暗忖这可真不是时候,米山吃力地接了电话。

"米山,你还好吧?"

"还好,现在跟你一样,成'不动'了。"

"嘴还能这么贫,说明没事儿啊,你小子疏于操练,干不过人家。"

米山痛得龇牙咧嘴:"我刚救了你媳妇,你还说风凉话!"

顾动在电话那头说:"我听雅莉教授说,你小子第一时间嗅到了枪油的味儿。"

宿敌:白夜星辰

"咋了？"

"你是咱们学校警犬系毕业的警犬吧？"

米山不耐烦，这顾不动没事儿发什么神，耽误自己相亲聊天。"我没工夫给你多说。"

顾动在电话那头打住了他："不开玩笑了，我就是怕你住院太闷。我说正事！"

米山问："什么事？"

"我想你帮个忙。"

米山问："什么忙？"

顾动反问："你今天在女士面前吃了瘪，想不想出口气？"

"想！当然了，就当好市民配合警方办个案吧。"

顾动道："硬气，那我一会儿来接你。"

米山忙说："别，我还没出院呢。"

"我问过医生了，你那伤，观察观察就行了，你是赖上谁家漂亮护士了？"

米山看了一眼林双，忙收了线。

回头说那个被现场抓获的杀手很快就被审讯组彻底突破了口供，此人正是金宰佑的信徒之一，代号叫作"野狼"；他的任务是通过杀掉雅莉教授和黄静来制造恐怖。

被抓获的杀手思想极端，声称为"导师"奉献一切，终可得上天堂。

当审讯干警问道："为什么是黄静？"

他答："因为黄静是论坛的主持人。"

"那么是谁给你交代的任务？"

"罗特。"

"哪个罗特？"

"导师的'行动长'，罗特。"

经过数据库的搜找，审讯组干警让杀手做了一次人脸辨认。经过确认，向杀手下达指示的正是国际通缉的恐怖分子罗特。

接到审讯报告的郑新立整个人都兴奋了起来，罗特已经入境了，抓获罗特，能沉重打击"骷髅组织"。

联合国反恐怖组织、上合反恐怖组织都对罗特进行了定性，此人行动力极强，单兵作战能力高超；相比金宰佑担任的"布道长"来说，其在组织中司职"行动长"，故认定其现实危害较大。

郑新立合上了卷宗，好吧，既然来了就别走了，来都来了。

他转身告诉身旁的干警："通知前方张小婧小组，最好把袋子张大一点，把所有人都一网打尽！"

"是。"

⟨17⟩

人心与信任

　　罗特入境颇费了些周折,他从西南边陲之地找了个接应人,获取了一些偷越偷渡的犯罪经验,然后沿着边境线的丛林走了很长的路。他具备超强的野外生存能力,几乎没费什么力气,就克服了各种可怕的自然环境。

　　他并未在边境停留,而是直接开着"老头"帮他租的车,一路奔驰到了锦川以西的高原地带。

　　高原小城的风很大,街道两边都是卖风干牦牛肉的商贩,远处的彩色经幡飘扬,蓝天白云的明净能洗涤人心中的一切欲望。

　　此时正是旅游的高峰旺季,高原小城游客如织,挂各地车牌的车都扎到了这里,来感受久负盛名的最美国道。

　　罗特从车后尾箱取出了防风服和登山杖、单反照相机、水壶、背包等物品,然后就地弃车,经过一番换装后,他摇身一变成了远道而来的外籍游客。

　　罗特在高原小城里约见了代号叫作"野狼"的杀手,这个杀手是个"狂热分子"。"野狼"得到组织的召唤之后,立刻兴奋起来。

罗特和他见面的时候,他正在烤羊,用很锋利的刀,剔下了烤熟的羊排,然后他用脏乎乎的手,抓起了羊肉,分享给了罗特。

罗特已经很久没吃这么好的食物,心中惊叹这人可真是个好厨子。他告诉杀手,导师要交给他一个艰巨的任务,要唤醒"飓风",需要你打响第一枪。

"野狼"高兴极了,我终于可以不用宰羊了,目标是谁?

罗特递给他一张照片,那是从一段视频节目上截取的图片,雅莉教授和主持人黄静正在做节目。"记住,制造'恐惧',才能让别人害怕我们!"

"野狼"离开了,木门外的风灌进了小屋,风吹得罗特有点头疼。

罗特把锅里的酥油茶倒进了碗里,一饮而尽,他收拾了屋子里的所有痕迹,准备出发。杀死雅莉教授制造恐惧,不过是"飓风"的前奏;"组织"还有更重要的任务等着他,他得赶紧和"老头"见面。

他用了暗网方式和"老头"进行了联系,"老头"的回复一切正常,说明警方还没有找到涂孟辛的名单。很好,一切按计划进行吧。

就在"野狼"刺杀雅莉教授和黄静失败之时,赵渝和岳大春正在高原东侧的一个偏僻村镇落脚。宋宝飞刚刚做完手术,忍着颠簸之苦,和赵渝二人一路狂奔到了此处,便再也支持不住,昏迷过去。

宿 敌:白夜星辰　　　　　　　　　　　　　133

宋宝飞晚上开始发烧，赵渝叫岳大春外出给他寻些退烧药。这高原上发烧感冒可大意不得，如果有个什么闪失，那会送命，别大伙竹篮打水一场空。

岳大春怏怏地就出去了。这村镇他长年在这儿开服务器挖币，商店他都熟悉。临走赵渝嘱咐他，再多买一点酒菜，给老子压压惊。

岳大春走出去之后，赵渝给宋宝飞烧了点水，又把屋子里的一个暖炉烧着，温度慢慢起来之后，他终于在角落里歇了下来。

房间变得温暖起来，赵渝搬了张凳子，坐到了宋宝飞面前。

"别装了。"赵渝说。

宋宝飞"嘶"了一声，然后就"醒"了过来。

赵渝问："怎么样啊？19号。"

宋宝飞明显中气不足，声音很低，说道："感觉不大好，脑袋痛。"

赵渝说："刚做完手术就一路颠簸，能感觉好吗？"

"没法啊。"宋宝飞说。

"为什么要装昏？你信不过你的'同门'？"赵渝问。

"这不是明摆的吗，我才见他几次？在那天检查室里我是第一次见他。"

赵渝道："你第一次见他，就敢跟着他玩这出'越狱'，胆子可真大。"

宋宝飞问："那你又能信得过他？连工作都不要了，帮着他救我？"

赵渝一耸肩："没法啊，他是我发小，而且这事能挣钱……"

宋宝飞用另一只没包扎的眼睛看着赵渝："他是你发小这事

134　　　　　　　　　　　　　　　　　　宿敌：白夜星辰

我信，不然他不会轻信你，可是要说你为了挣钱干这事……老赵，你自己先问你自己信不信吧。"

赵渝笑了："人和人之间的信任真是很奇怪。"

宋宝飞道："你既然敢和岳大春'合作'，说明你们就根本不怕我逃脱。"

"在中国想通过这种方式逃脱，确实是天方夜谭，除了岳大春这二货能干这事，也没几人。"

"老赵，你真是吃准了这家伙的心态。"

赵渝道："我很了解他。"

宋宝飞道："是。只有岳大春才会相信你是跟着他变节，他可真信任你。"

赵渝道："你知不知道脱逃要承担什么法律责任？"

宋宝飞叹气："知道。"

赵渝道："那你为什么要接受岳大春的计划？"

宋宝飞沉默了。

赵渝问："你害怕？"

宋宝飞缓缓道："我能怎么办？他说要救我出去，我总不能说我不乐意，我就爱蹲在看守所里等死吧？"

赵渝道："蹲在看守所里，也不一定是等死啊。你才犯多大的罪，至于吗？"

"我没得选。"宋宝飞整个人都低沉下去。

"这话你给我说过。"

"我怕啊，我真的怕，'背叛组织'会有不好的下场，你看涂孟辛就……死了！他孩子才多大啊。"

赵渝缓缓道："我还是回到那天的问题，你所谓的'背叛组织'，比起不能见到自己的孩子，哪一个更可怕？"

宋宝飞叹气道："我现在已经做好手术了……"

"对，可是如果不是我们保障你，你能做好手术？"

"我……"

赵渝点了一根烟，窗外风声越来越大，高原的雷雨要来了。在这个木屋里，氛围已经慢慢起了些变化。

宋宝飞是不信岳大春的，所以他知道自己不可能逃脱，那么为什么他要跟着岳大春冒险？赵渝根本就不需要什么掩饰，因为除了岳大春自己一人会相信赵渝变节以外，连宋宝飞都不信。赵渝跟了上来，自然是有别的工作考虑，他们不过是被故意放跑的。

既然是这样，那还有什么必要去"越狱"，这样除了增加罪责，有什么意义？对于赵渝方面来说，警方这样部署的用意又何在？

两人沉默半晌后，宋宝飞终于开口了，他说："我根本没想那么多，我就只是想出来看看我孩子。"

他弄伤眼睛，想骗得取保候审，也是为了想看看孩子，而他脑子一热，跟着岳大春越狱，也是这个原因。

"看看孩子"，这是人类最直接最简单的愿望，所以他答应了岳大春。他当时抱有一丝幻想，幻想着岳大春在"导师"的指导下，能有周密的计划，能把所有事情安排得妥当，然后自己在做完手术后被接应出去，带上妻儿，奔赴海外。

可是，这事儿稍稍一用脑子就能想明白，收买赵渝然后放人？这种戏码除了在电视上看得见外，脑洞开得太大了点吧？宋宝飞在车上的时候，就暗暗在想：也不知道岳大春这二货是怎么在社会上活下去的！

那一刻，他心里突然对"导师"所称的各种"精英"产生了极大的质疑和失望，这都是乌合之众啊。

赵渝看着宋宝飞，说："你跟着岳大春越狱，就能见到你儿子了？"

宋宝飞捏紧拳头道："人就是这样，总想试一试。"

"祝你好运。"赵渝一摊手。

宋宝飞沮丧道："其实我也不傻，你既然跟上来，我们哪里还跑得掉？"

"你怎么不想想我为什么要跟上来？"

"我不知道。"

赵渝语重心长道："如果我不跟上来，放任你跟着岳大春这二货瞎闹，你这人生才是真的完了。"

宋宝飞突然生出一丝感动来，他用力地作死，可是政府却依然没有放弃挽救他。

他怯怯地问："我的人生难道现在还没完？"

赵渝看着宋宝飞，一字字道："你既然这么想见你儿子，要不要我给你一个机会？"

"我……还有机会？"

"既然我已经跟了上来，你就一定还有机会立功赎罪！"

⟨18⟩

替补主持人

"各位观众朋友,我是你们的朋友米山,今天开始将由我和雅莉教授一起,为大家带来新的一期节目。"

米山第一次做主播心里可紧张了,他播的内容很独特,是李雅莉教授这些年对反恐怖犯罪活动的最新研究和案例。

米山不光能写小说,做节目,还是实实在在的法学科班生,他播起学术内容来,真是有模有样。他本来就是畅销推理作家,在互联网上有大量的读者群体,突然开直播讲反恐怖犯罪,这可真是比看小说文字来得直接,这档节目又有国际大咖李雅莉教授的加持,想不火都难。

他讲述了几个来自李雅莉教授的研究案例,把这些案例像说书一样讲,有情节,有人物,有故事,有情感,第一期节目几乎就在网络上炸开了花!

米山直播的内容,揭批了金宰佑那套洗脑的理论,也揭露了部分恐怖分子被法律制裁的案例,让远在尼泊尔的金宰佑大为光火：罗特在干什么！老对手李雅莉没搞定，又跳出一个李雅莉的徒弟来！

在节目的末尾，李雅莉教授代表亚洲犯罪学会，郑重公布了"国际反恐怖犯罪学论坛"的开幕日期和嘉宾名单。

这一举世瞩目的盛事终于进入倒计时，届时全球各国的反恐怖专家都会齐聚锦川，共商对几股国际恐怖势力的反制对策。

电视里的李雅莉教授就像是一尊女神像，她慈祥和蔼，又充满力量，不惧任何危险和困难，毕生致力于奔走相告，促成人类对恐怖活动的一致对抗。

她的眼神透过电视屏幕盯住了在喜马拉雅山那一头的金宰佑，金宰佑被盯得发毛。

她的眼神传递给了金宰佑一个强烈的信号，你的杀手不光没有制造"恐惧"，反而让我们更加强大，更加坚定！

米山和李雅莉教授这档节目，很大程度提振了论坛参会人员的士气和信心，这也是顾动此前找他帮忙的事。

雅莉教授在公开场合遇刺，虽然抓获了凶手，可是这事也被好事之徒随手拍成了视频，传到了网络之上，随即国际舆论哗然。"骷髅组织"得意扬扬地认领了本次事件，声称对此事负责。

郑新立当场就笑出了声，咱们一个电视台的小书生都可以干倒你的"死士"，还有什么好得意的？

国际舆论随即对李雅莉教授表示了极大的担心，敌人如此凶狠，她到底还有没有决心继续推动这次论坛？

李雅莉教授和郑新立一合计，决定用实际行动表达对金宰佑的回击！

郑新立随即安排好了警力，保障李雅莉教授的人身安全，同时也和顾动夫妇商量，建议把黄静从这档节目换下来。黄静手臂受伤，不宜再打着夹板出镜。况且，往后的节目已经不是节目，而是和恐怖势力的斗争，这个时候把黄静一个女子推到风口，就多少有些不合适了。

那得换人，换谁？

这还用说，既要懂专业知识，又要懂电视直播，同时还要和李雅莉教授有些默契的，除了米山，哪里还有第二个？

顾动到医院接上了米山，刚开口说这事儿，米山的反应是："合着我就该被推到风口？"

顾动说："首先你懂电视节目，有粉丝基础，能进一步引爆热点；其次，你是科班生啊，枪械、查缉、讯问、犯罪心理……你哪一样没学过？你还有一个能远程闻到'枪油'的鼻子啊……"

米山说："拉倒吧，万一我被恐怖分子盯上了怎么办？"

顾动说："你生在一个和平的国度啊。"

米山说："万一我要出国呢？"

顾动又说："你出什么国，祖国大好河山你还没逛完呢。"

"你得找个理由说服我啊。"

顾动想了想，说："林双！林双说你是她心中的大英雄啊！"

米山一阵傻乐，道："顾不动，莫拿这些话来捧我，其实这事儿我已经猜到了，黄静胳膊伤了，只能换我上，这是我们师门的事儿，我不能缺席！"

二人一握手，这事儿就这么定了。米山配合李雅莉教授，把节目做好，然后替代黄静担任论坛主持人的角色。米山虽然形象气质比黄静差了一头，可是稍微收拾打扮一下，戴上个学者眼镜，穿个小西服，也能在电视上展现出儒雅学者的一面。

米山在顾动的车上眯了一会儿觉，他闭上眼睛全是林双的脸，她的眼睛，她的鼻子，她的眉毛，她的嘴唇，她就像是闪耀着星光的夜空一样，深邃而恬静，温柔而充满魅力。他想想，那一瞬间是什么让自己不顾一切冲上去架住杀手的枪？

或许这就是爱情的力量。

米山想，要是林双在电视上看见我的节目，那多好。

黄静当时被吓住了，李雅莉教授也有些惊慌，这都是人的正常反应。就连米山自己，也是内心怕得要命，他虽然扑住了杀手，可是毕竟是凭着一股血勇和不计后果，如果给他一些思考的时间，他多半也会有所顾虑。

对了，当时的林双是什么状态？米山突然对这一幕很模糊，想来应该也被吓傻了吧，能在女神面前充当一次英雄，这在米山自己的小说里不知道写过多少次，没想到上天还真给他一个机会，让他亲身实践！

第二天节目就播出了，播出效果比以往更好，对李雅莉教授的舆论关切，纷纷转化成了强烈支持，跨国反恐怖组织发布声明，即将行动起来，扫除金宰佑等人。

金宰佑一反平素里的淡定，挥手打碎了桌子上的摆件，然后给罗特发出了十万火急的命令，抓紧集结，抓紧唤醒"飓风"！

罗特刚刚喝完一杯青稞酒，就收到了金宰佑气急败坏的指令。他对高原小城的生活颇有些迷恋，感觉时间都慢了下来。

罗特冷笑一声："'飓风'可不要太提前，既然李雅莉代表亚洲犯罪学学会公布了国际论坛的时间，那么引爆'飓风'最好的时机，也应该和她针锋相对！"

宿敌：白夜星辰

"笨蛋,那个时候全世界的反恐怖专家都会到锦川,你是找死吗?"

罗特电话里缓缓说:"布道长,你是不是忘记了你之前说的?"

"我之前说什么了?"

"你说过,我们的目的,只是要制造'恐惧'。"

"那又怎么样?"

"那关注的人越多,岂不是越好?一个人的'恐惧'根本不叫'恐惧'。"

⟨19⟩

线索

又是一个不眠夜。

顾动带着罗田等干警,把涂孟辛的关系人进行了进一步深挖,当然,重点还是在他遇害当天前后数日里,进出过客栈的人员。

涂孟辛儿子听见的脚步声,到底是谁的?

这人是最后一个进入现场的,会不会是她带走了那枚可以打开名单的口令卡?

涂孟辛客栈不知道出于何种原因,没有安装任何室内监控,要排查到过客栈的人,就只能在客栈周围交通摄像头里去大海捞针。

按理说这客栈每天居住的旅客有限,可是涂孟辛的客栈还经营着餐饮,他家的烤全羊生意一直不错,来往食客颇多。

客栈位于山间,来往都是车辆,也就是说周围交通摄像头能拍到的,也只是车辆进入路口情况、车辆离开路口的情况。

至于车上坐的是哪些人,要一一排查起来,难度不小。

可是侦查工作就是要有大海捞针的恒心和毅力。

就当专案组一筹莫展时,一条消息跳进了顾动的视线:涂孟辛的前妻刘子娟于昨日回到了三江市。

涂孟辛和前妻刘子娟离异多年,刘子娟随后再嫁到了广东,涂孟辛孩子亦是多年未见母亲。专案组一开始排查涂孟辛社会关系时,曾考虑到过找刘子娟谈谈,可是刘子娟的父母答复女儿已经多年未归,如今音讯全无。

刘子娟昨天到的三江,也就是说她涉案可能性不大。可是,任何线索都不该被放过,刘子娟和最后一位进入现场的"高跟鞋"有没有关系?

顾动随即命人去找刘子娟,干警找到刘子娟的时候,她正在三江市的皇冠假日酒店和人谈着一单外贸出口生意,业务虽然不大,可是她举手投足间的女老板范儿,表现得收放自如。干警初见刘子娟之时,觉其比涂孟辛年轻得多,大抵是在长期在沿海发达地区生活,其穿着打扮也比较时髦。

干警表明了来意,刘子娟也没有任何抵触心理,表示愿意配合调查,出门就上了警车。

罗田带着市局的干警对刘子娟进行了一次简单询问,希望能了解一下涂孟辛的人际关系。

刘子娟说:"抱歉得很,我和他离婚都多少年了,怎么可能还知道他现在的人际关系?"

干警又问:"那涂孟辛死亡的当晚你在什么地方?"

刘子娟说:"我在深圳谈业务啊,我的客户、航班信息、酒店入住记录都可以证明,怎么,我有作案嫌疑吗?"

"暂时没有。"

刘子娟冷冷道:"我这个是不是就叫'不在场证明'?"

干警说:"所有的'不在场证明'都需要进一步查证的。"

刘子娟说:"查证是你们的事,我既然有证据证明我人当时在深圳,那涂孟辛的案子和我有什么关系?"

罗田微笑着说:"刘女士,我们现在是对您进行询问,配合侦查机关了解情况是每个公民的义务。我们不是在搞讯问,您就当和我们聊天就好了,像您这样优雅的女士,何必为了不相干的事动气。"

刘子娟嘴角上扬:"这位帅哥说得才像话。"

罗田问:"刘女士,能不能给我们聊一下你和涂孟辛之前的那段婚姻?"

"这个重要吗?这不是我们的隐私吗?"

"重要,涂孟辛死了,一起命案,我们需要了解更多他的生活细节,对于案件的侦破是有帮助的。"

"我有这个法律义务,对吗?"刘子娟跷起了二郎腿,媚眼如丝地看着对面罗田。

"是的。"

刘子娟慢慢回忆:"我和涂孟辛其实当年挺好的,他当时追的我,我那会儿还在卫校念护理专业,涂孟辛是我初中同学,读完书就进了社会,啥都干。"

"啥都干?"

"不包含违法犯罪啊,他那人胆小,特胆小!有次他倒卖点水泥,有人旁边说了句,买水泥没手续要犯法,他吓得款都不收了。"

"这是个很有意思的细节,不过这应该不叫胆小。"罗田在脑子里过了一下涂孟辛的人物刻画,宋宝飞交代过,这人确实因为畏惧法律责任而想要摆脱金宰佑的组织。

"说得也对，他怕连累我，那个时候我们已经结婚了。"

罗田问："可以不可以这样理解，涂孟辛其实还是很有责任感的人？"

刘子娟说："可以这样说吧。"

罗田道："那你们为什么走到了尽头？"

刘子娟笑了起来，她一笑起来，那种媚劲就从肢体和眼角上都透了出来，让罗田感到浑身不自在。

"年轻人，看来你是还没尝过生活的苦，两个人在一起，激情褪去后，生活就只剩柴米油盐，涂孟辛是个好人，可是他不挣钱啊。我这话说得有些直白了，可是道理是没错的，连收个账的胆子都没有，怎么在社会上挣钱！"

罗田把话题给她拉了回来，说："那你知道不知道，涂孟辛离婚后都从事了些什么工作？"

刘子娟道："不知道，也没兴趣知道。"

"你们分开后，你见过儿子吗？"罗田问。

"见过啊，不过次数不多。"

"你儿子跟你提起过涂孟辛的现状吗？涂孟辛有没有什么给你交代，或者给儿子交代的事儿？"

"提过，后来这人不知道怎么开了窍，手头宽松了起来，给儿子转了好学校，又打造了一间客栈，听说客栈生意刚刚好起来，人就没了，你说人的命啊。"

刘子娟突然沉默了，也不知道在想什么。罗田示意干警休息一下，停下了问话。

蓦地，刘子娟突然正坐起来："我想起来了，涂孟辛一年前给我发过一个奇怪的信息！"

罗田忙问："是什么信息？"

"他说如果有什么意外，让我过来接上孩子，到锦新银行滨海路营业部去找他。"

"锦新银行滨海路营业部去找谁？"

刘子娟翻了个白眼，道："找'他'就找他自己，涂孟辛！"

罗田眉毛一跳："这信息倒是很关键，您还留有信息的原文吗？"

"早删了。"刘子娟没好气，"他那经济实力，难道能存个什么钱？"

"锦新银行滨海路营业部。"罗田快速记下了这个地址。

刘子娟问："还有什么需要我配合的吗？"

罗田说："你认识宋宝飞吗？"

"谁？"刘子娟用力想了想，摇摇头，"不认识，是凶手吗？"

⟨20⟩

失联陷危局

"我不是凶手！"宋宝飞一副"垂死病中惊坐起"的样子，"我说了八百遍了！涂孟辛不是我杀的！"岳大春的药买回来了，宋宝飞吃了一粒，稍稍开始退烧，听见岳大春和赵渝讨论宋宝飞杀涂孟辛的动机，整个人就激动了起来。

"大春儿，你说涂孟辛手里得吃掉了组织多大一笔经费，才惹得宋宝飞动手？"

"这谁晓得，我层级不够，还到不了他们的圈子，这些恩怨我就不知道啰。"

宋宝飞差点气背过去。岳大春和赵渝也不理他，兀自吃着酒菜。

木屋里一股劣质酒味飘荡，赵渝假意饮了些酒，便探岳大春口风，到底现在是谁会来接应宋宝飞？具体什么时候？是不是真是"老头"亲自来接？

岳大春称自己也没有见过"老头"，只知道此人是导师金宰佑在此间的"执行长"。

赵渝说:"谁都没见过他?"

岳大春说:"是,不过,好像除了涂孟辛。"

"涂孟辛见过?"

"对,涂孟辛铁定见过。"岳大春啃着牛肉说。

"为什么?"

"你想想,这好比一家公司,员工众多,不坐班,大伙不一定都见过总经理,可是总经理总要见过公司财会吧?不然怎么处理公司财务运转?"

赵渝问:"涂孟辛是财务?"

"对,涂孟辛负责经费的接收、洗钱、发放一系列动作啊,'执行长'要是没见过他,那怎么可能?"

赵渝道:"'老头'也未必会亲自来接这宋宝飞啊?"

岳大春道:"不,他一定会亲自来。"

赵渝问:"为什么?"

岳大春道:"因为涂孟辛死了啊,涂孟辛手上的名单还没着落呢!"

赵渝问:"你们认为名单在宋宝飞手上?"

岳大春道:"这不是废话嘛!"

"'老头'必须亲自来交接名单?"赵渝问。

岳大春一副得道老僧的样子,缓缓道:"对,交接这么重要的东西,除了'执行长'和涂孟辛,谁也不能!这是规矩,你以后加入了我们,这些你当要知晓!"

赵渝差点把白眼翻到天花板,他强忍住自己的内心活动,然后转化出了一个非常受教的表情,继续和岳大春喝酒,他内心突然觉得自己有点欺负自己的发小。

"老宋，名单到底在不在你手上？"岳大春问。

宋宝飞不说话了，嘴里直喊："眼睛疼……眼睛疼。"

赵渝看了一眼宋宝飞，眼神里对他进行拷问。

宋宝飞不敢看赵渝眼睛，他心里有鬼，他确实没有拿到涂孟辛的口令卡，也不可能知道涂孟辛的名单，可是从一开始他向远在尼泊尔的金宰佑求救，就暗示自己手里握有涂孟辛最后的信息。

为什么要这么做？

因为只有这样，他才能有价值，才不会被"组织"抛弃，才有办法讨价还价，他当时希望能够带上妻儿，移民海外。

宋宝飞头脑还算清醒，如果自己一开始就否认那份名单在自己手上，多半"导师"也不会四处寻他，更别说让岳大春来救他了。

他突然对"组织"所称的那一套，深深失望。

赵渝仿佛看穿了宋宝飞的窘态，这种信息不对称的把戏，很快就要揭穿了，等"老头"到这里来，我倒要看看你拿什么交给他！

宋宝飞若是真拿走了涂孟辛的名单，那当日晚上最后进入现场的女子，就不会这么快离开了，要是没找着，此女必定到楼下涂孟辛孩子的房间继续找。当然，这只是赵渝自己的假设。

"等'老头'来了之后，我就要拿到我的钱。"赵渝说。

岳大春道："我给'导师'说过了，他说没问题！"

赵渝故意谄媚笑道："大气啊。"

岳大春一拍胸口："等'老头'来了，咱们把宋宝飞交给他，我两兄弟就算圆满了。"

赵渝问："他今晚就来？"

岳大春道："对，今晚，他怎么可能耐得住，要是名单出事

宿敌：白夜星辰

了,他就危险了。"

赵渝有些饿了,拿起桌上的牛肉也吃了一块,问:"要是宋宝飞手上没有名单,怎么办?"

岳大春忽然阴恻恻地笑了:"那他就是欺骗'导师'喽?"

远处床上躺着的宋宝飞突然像被触电一样震动了一下。

"那会怎么样?"赵渝问。

岳大春目露凶光,一字一字道:"他会生不如死!"

二人聊了一会儿,皆有困意。

岳大春先行前往外面厂房里把正在运作的服务器和计算机都一一关闭,今夜不同往时,此刻带着宋宝飞,放在古代,那叫劫狱之身,可不敢跟以往一样让工厂灯火通明通宵达旦地运作。

岳大春关好机器,退至最里面的木屋来,便各自到木屋角落里的长椅上睡下。

宋宝飞只能脸朝下躺着,手术后必须保持这样的睡姿七天,确保视网膜能够重新恢复附着。这动作虽然难受,但是也无可奈何,他吃了退烧药,便沉沉睡去。

高原的夜风很大,岳大春一斤酒下肚,睡得鼾声震天。

郑新立和顾动可都是有勇有谋的主,岳大春这二货要来营救宋宝飞,别人的办案思路,大概也就把岳大春直接收进网里,可是他们想的是,让赵渝跟上去,看看到底是谁来接应宋宝飞!

这任务肯定是有一定危险性的,要是宋宝飞和岳大春两人联手给赵渝挖坑怎么办?虽说顾动安排好了一个小组的警力不远不近地跟着,可是谁能保证万全呢?

赵渝一口接下了这事儿,这事儿除了自己,没人能办,反正案件现在推进不力,不如利用岳大春和宋宝飞,把鱼钩往深海里一钓。

唯一有一点他兵行险着了,那就是刚刚支开岳大春后,他竟然和宋宝飞摊牌!

宋宝飞难道不敢揭穿他?不,赵渝已经掌握到了宋宝飞的心理,他要更好地完成任务,必须要争取宋宝飞。

宋宝飞的眼睛是警方保障治好的,他在看守所里看的儿子的视频是赵渝帮忙录的,经过了这么多次教育谈心,赵渝相信自己对宋宝飞的心理有了一定的把握,宋宝飞内心深处仍有一点良知。他把两种选择摆在宋宝飞面前,我既然跟上来了,你怎么可能跑得了,你想见儿子对吗?你唯一的出路,就是戴罪立功,配合我,把敌人一网打尽。

这一处他赵渝连章回名都想好了,叫:赵大炮孤身在敌营,艺高人胆大!

赵渝是有些孤胆气质的,他刚刚当中队长那年,带着一帮刑警兄弟,也是奔赴这高原之上去抓捕一名逃跑的杀人犯。犯罪嫌疑人躲在木料场里不出来,铁门紧锁,看样子是要负隅顽抗。大伙一合计,觉得可能对方十之八九不会乖乖就范,安全起见,于是向当地各派出所征调防弹衣。这高原之上的派出所毕竟条件有限,周边三个派出所的防弹衣全加起来,也不过两件。

赵渝二话不说,就先抢了一件自己穿上,把在场所有人看得一愣一愣。这事儿不少人误解他,说他贪生怕死。赵渝也不解释,等到多年后他和顾动喝了两杯酒,主动聊起,顾动冷酷一笑,就你这点小心思,别人看不穿,难道还能瞒我?一共两件防弹衣,你抢了一件穿上,是因为你提前收到消息,对方手上有枪,你是要冲最前面,帮同事们开路!

赵渝脑袋甩得像狮子狗，长叹一声："真是什么都瞒不过我不动哥！"

顾婷说过，赵渝和顾动这两人很像，可是又不像。

夜已经过半，赵渝想起了顾婷，内心突然温暖起来，他曾计划过有一个假期，能驾车带着顾婷来这条国道上自驾，领略下举世闻名的自然风光和少数民族地区的风土人情。

他摸了摸衣兜里的纸飞机吊坠，心中居然有一丝惧意。过去的赵渝从不怕危险，可是如今的赵渝，很怕不能再见到顾婷。他安慰自己，有什么好怕的，顾动、张小婧他们一定就在这木屋周围，他们双方约好，一有什么问题，赵渝打出信号弹，同事们就会扑上来收网。

赵渝试图通过微信向张小婧发出暗号，可是他惊讶地发现岳大春这个挖币厂竟然有信号屏蔽器，他和接应小组失联了！

他捏了捏手心，告诉自己要信得过自己的同事们，可是他不由自主地有些发慌，一股不好的预感涌上了心头。

今天是怎么了？赵渝默默地想。

蓦地，木屋外传来一阵敲门声。

宋宝飞警惕起来，在夜色下他看起来像木乃伊似的颤动了一下。

赵渝摸了摸腰间的警枪。"老头"来了？

岳大春翻身起来，低声喊："谁？"

门外没人答应。

岳大春又喊了一声："他妈的谁呀？"

赵渝耳朵里听到了一个很轻很轻的金属碰击声，他猛地浑身汗毛倒竖，一股热血冲到脑门，他喉咙里低低地喊了声：

"不好!"

黑暗里,一个圆形物体,从木门旁边的透气窗洞扔了进来。

随着一声不大不小的爆炸响声,木屋里一道火光爆闪,火蛇迅速在干燥易燃的木屋内蹿起来。

〈21〉

反洗钱

"喂喂,张小婧报告你的位置。"

"我们现在在罗什县县城东往水墨县方向的37国道上,具体位置是……"

张小婧的接应小组比任何人都焦急,他们在跟踪岳大春车辆的时候,遇到了一场剧烈的山雨。

高原的山雨是可怕的,山雨一般伴随着横风和雨雾,让人目不视物,驾驶难度陡升。

在高原上行车,如果遇到山雨,当地人会告诫你停一停,别拿自己的命来开玩笑。

可是张小婧可不敢停车,岳大春的车上带着在押的宋宝飞,赵渝还在车上呢。

他们只得冒着山雨继续行车,雨雾的能见度极低,五十米内人畜难分,这样盲人瞎马地赶路,一车干警的背心都在淌汗。

车行数十里后,山雨终于收了,可是张小婧妙目一瞪,赫然发现自己居然跟丢了。

这不可能！岳大春这二货居然有这么高超的车技？

张小婧赶紧向后方指挥部发出支援请求："赵渝丢了，赶紧定位吧。"

可是，让张小婧、顾动想不到的是，岳大春的挖币厂地址，正是一个信号的屏蔽区。

张小婧在车上给赵渝的手机用暗号发了信息，赵渝没回。

赵渝不会有什么危险吧？张小婧突然有点担心起来。

顾动依然不动如山的样子，说道："别急，论随机应变，赵大炮说第二，没人敢说第一。抓紧找找，那岳大春熟悉这附近路况和天气，必定长年在这附近营生，我不信没人知道他的藏身地！"

回说罗田问完刘子娟，得到了一个重要线索，刘子娟曾收到了涂孟辛一条奇怪的信息，这条信息内容已经记不全了，大意是说如果涂孟辛出了什么意外，就让刘子娟去锦新银行滨海路营业部去找他。

这信息本身是有问题的，他自己都已经出事了，还让刘子娟去锦新银行滨海路营业部怎么找他？

顾动大胆假设，难道是他留下了什么重要的物事？会不会就是那枚装载有名单的口令卡？

罗田请示顾动之后，连夜驱车回了锦川。第二天打早，顾动让干警们备齐法律手续，自己亲自领着罗田登门造访，他联系上锦新银行滨海路营业部的主任张浩东。

张浩东是老党员了，曾与顾动有过一面之缘，二人曾共同参加过中国人民银行反洗钱监测中心组织的"金融机构反洗钱工作短期技能培训"。他一听配合顾动办理重要大案，二话没说，召来了自己的主任助理，下放一切权限，让他的主任助理带着罗田，任意查！查人、查账户、查资金，上下游，每一笔，都配合查，打击恐怖主义活动，开展反洗钱工作是每个金融机构的义务！

顾动对张浩东竖起大拇指，导师李雅莉教授教过他，打击恐怖活动，必须要依靠、动员金融机构开展反洗钱工作，她说过："在反恐怖领域开展金融机构反洗钱工作，尤其重要，能预防通过各种方式掩饰、隐瞒恐怖活动犯罪所得及其收益。打击洗钱犯罪，实际上就是扼制恐怖犯罪。"

年轻的学子举手提问：什么是洗钱？

李雅莉教授举了个例子："巴塞尔银行监管委员会认为：银行以及其他金融系统被利用作为转移或者储存来自犯罪活动基金的工具，这就叫洗钱。比如：犯罪者利用金融系统进行支付，将资金从一个账户转移到另一个账户；隐瞒金钱的来源以及收益所有人；通过安全储存设施对于银行支票提供保管。这些活动通常被称为洗钱。"

中国刑法规定，明知是毒品犯罪、黑社会性质的组织犯罪、恐怖活动犯罪、走私犯罪的违法所得及其产生的收益，为掩饰、隐瞒其来源和性质，构成洗钱罪。具体包括：提供资金账户的、协助将财产转换为现金或者金融票据、通过转账或者其他结算方式协助将资金转移的、协助将资金汇往境外的、以其他方式掩饰或隐瞒犯罪的违法所得及其收益的性质和来源等。

这些年的司法实践让顾动有一个清晰的认识，只要扼制了恐怖犯罪的资金，就能削弱其活动能量。为此，锦川警方和金融部门建立了反洗钱联席机制，形成合力，这些年取得了不错的成就。

张浩东的助理推门进来的时候,顾动眼睛一亮,这美女助理正是黄静的闺蜜、让米山魂牵梦绕的林双。

有了熟人好办事,林双和顾动寒暄两句,立马开始工作。根据查询,涂孟辛根本就没有在锦新银行滨海路营业部开设任何账户,也没有用他儿子、他前妻名字开过任何银行账户。

顾动又问:"你们银行有没有保险箱寄存业务?"

林双说:"有,是不是也调出来看看?"

顾动说:"都看看。"

林双说:"我们营业部的保险箱业务并不多。"

顾动摸着下巴:"还有一个数据很重要。"

"知道,给你备好了。"林双从工作人员手中接过一份报告,递给顾动,"锦新银行反洗钱监测中心的数据报告。"

"好了,所有资料都在手上了。"林双领着顾动等人到了一个安静的会议室。

"添麻烦了,回头让黄静请你吃饭。"顾动笑道。

林双道:"客气啥,这是我的工作啊。"

"你先忙去吧,我们先消化这些查询的数据。"

"有事儿微信里叫我。"林双退出了会议室,顺手关上了门,门外响起她优雅的脚步声。有些女子骨子里就有一种优雅,即便是穿着最普通的员工制服,举手投足也透射着不凡的气质。林双身材高挑,气质出众,随顾动来的小干警看得眼睛直,爱美之心人皆有之,顾动叹了口气,想来米山这家伙已经深陷其中。

听着林双的脚步声,顾动发了一会儿神,他像是想起了什么,又说不明白,隐隐觉得好像有什么重要的事儿从自己脑子里一闪而过，可是自己却无法抓住。

罗田推了推他胳膊，他才回过神来。

顾动让大伙儿开工，罗田带着干警开始认真翻找，逐条数据分析，没有可疑账户，也没有可疑资金流向。

会不会是刘子娟记错了？罗田发出一个感叹：一年前的信息，她居然记得清楚是哪一条路上的营业部？

"不会错！"顾动突然有了新的发现，他在林双提供的保险箱寄存业务中，找到了"刘子娟"的名字，保险箱里一定存有什么？

"存物人是谁？"顾动顺着信息表看过去，存物人却不是"涂孟辛"。

"涂孟辛很有可能委托别人，或者用别人的名字，办理了保险箱存物业务。"

保险箱里的东西随即查明，可惜并不是那枚口令卡。

保险箱存物的时间已经确定了，是一年前的7月4日。

顾动道："去问问林秘，一年前的大堂监控还在不在？找一下这个时间前后的银行大堂监控，看看有没有可疑人员，我们人力排找，试试最原始的办法。"

人力排找？大伙儿面露难色，顾动一字一字道："干我们这个工作，有时候只能靠人力，大伙得有恒心和毅力。"

林双很给力，一年前的监控肯定没保存在本地了，她急忙联系了总行技术部，从备份的存储里找了一份目标日期当天的大厅监控。

就在大伙儿开始热火朝天地在视频回放里找涂孟辛时，罗田收到张小婧的信息，他喜出望外："头儿，找到赵渝了！"

顾动一抬眼镜："你看，我说吧，干我们这行，还是靠人力。"

〈22〉

夜斗

那枚自制的燃烧弹从窗洞扔进来的时候,赵渝下意识地向岳大春扑了过去,岳大春离得最近,他根本来不及躲闪,那枚燃烧弹要是打到了身上,岳大春非给先烤成猪扒不可。

赵渝扑倒岳大春,拉他倒地,堪堪躲过燃烧瓶打到他身上,接着赵渝着地一滚,想要去打开窗户。

"不好。"他发现窗户从外面被封住了。

他疾退了三步,向着门口纵身一跃,他抄起了手枪在手,直直指向门外,他掩进木门,用力一脚蹬了出去,结果发现自己如同踢到了钢板之上。

大门也被封死了!

燃烧瓶已经把木屋迅速点燃,火光映上了三人惊恐的脸。在火场里待过的人都有经验,高温和火焰不是最可怕的,最可怕的是浓烟,浓烟里的有毒有害气体,会让人中毒从而失去意识。

赵渝环顾木屋四面的窗户,高原风大,岳大春提前就把窗户都闩上了,可是吊诡的是,外面的人神不知鬼不觉竟然把窗户都封住了。

宋宝飞吓得三魂七魄全飞天外,口中喊:"'老头'来了,组织要清理门户了!"

岳大春开始猛烈地咳嗽起来,他一把抓起了宋宝飞:"笨蛋,快把涂孟辛的东西交出来,扔到门外去,否则大家都要死!"

宋宝飞惊恐地看着赵渝,仿佛想要抓住最后一根救命稻草,他只是想见见孩子,才答应了岳大春的越狱计划,他可没有任何心理准备去见"老头",他手上根本没有涂孟辛的名单,一旦穿帮,他不敢设想是什么后果。

岳大春扭住了宋宝飞的脖子,喊:"宋宝飞,你他妈的是不是根本就没有名单?"

宋宝飞被浓烟呛得晕头转向:"没有!"

"那这名单到底去哪里了?"

"我不知道!我他妈不知道啊,那天他死了之后,我就离开现场了!"

宋宝飞终于给岳大春说出了实话。岳大春看着宋宝飞,眼睛里要喷出火来:"我不信!你是不是交给警方了?"

宋宝飞大喊:"我要是交给警方了,你们他妈早就被一网打尽了!"

岳大春脑子转了转,想想是这么个理。

赵渝一把拉开岳大春和宋宝飞,这两个二货,现在是管名单的时候吗,现在应该先管命啊!

赵渝喊:"大春儿,还有哪儿能出去?"

岳大春指了指宋宝飞木床背后的柜子。

"快，起开。"赵渝一把拉开宋宝飞，"大春儿，帮手！"他和岳大春用力推动那木床背后的柜子。

这柜子乃是实木制成，足足有一人来高，里面装的不知是什么，反正推起来颇为沉重。

岳大春喊："快呀！"

赵渝使出了全身的力气："宋宝飞，快来帮忙！"

浓烟熏得三人就要睁不开眼睛，"嘎——"随着一声刺耳的响声，三人终于推动那具沉重的实木柜子，一道半人高的后门赫然出现在眼前。

赵渝当先钻了出去，他刚刚呼吸到一股清新凛冽的空气，蓦地，感到一道刮脸生疼的锋刃直指自己的颈项！

他心中大骇，黑夜中看不清来人，但单凭着出刀的动作就知道是训练有素的高手！

赵渝向左一扑，躲过颈项之劫，不料手臂已经挂彩，对方匕首运作如风，已经将他手臂划开一道长长口子，鲜血顿时四溅。

好身手！赵渝一瞥之下，见来人身材高大，身穿战术装备，这是哪来的特战分子？他随手就要拔枪，对方不躲不避，扑了过来，匕首再次划伤赵渝持枪右手，警枪随即落地。

赵渝忍着手上剧痛，和对方空手白刃地打了起来，他这些年千锤百炼，身手不比特警差，特别是在此危急时刻，更是激发出人的莫大潜能。

他快速冷静下来，顾婷还等着我回去呢，怎么能在这种地方不明不白地挨敌人的刀子？

赵渝身中数刀，他强打起精神，见招拆招，终于踢掉对方手中匕首，在扭打中猛地拉掉对方头罩，好家伙，连头罩都是防割材质。

罗特！

这人竟然是恐怖分子罗特，"骷髅"里的"行动长"！

赵渝稍稍一愣，对方一脚横扫过来，正中赵渝脚踝，他重重扑倒在地。对方穷追不舍，手肘一记重击向下力砸，势必要将赵渝击毙在地上。

赵渝一个侧身急闪，背靠地面，双脚腾起，用力剪住对方头颈，他全身发力，将对方扭倒在地。这一招是柔术中的要义，能在倒地之后的不利局面反击对方，从而反败为胜。

他复又翻身而上，想要居高控制对方，不料对方竟也是柔术高手，一出手便按住赵渝的反关节处，一个扭身，将他再次带翻在地。

攻守形势立刻胶着，赵渝双手死死剪住对方颈项，对方双臂掐住赵渝的脖子，二人竟然成了生死之局。

宋宝飞从后门里跑了出来，他一只眼睛仍有视力，迅速辨明了形势，他在黑夜中看见赵渝正和人缠斗，生死相搏，根本就顾不上他。

"快来帮忙啊！"赵渝喉咙里喊，他满脸被掐得通红。

赵渝看了宋宝飞一眼，宋宝飞的脚步仿佛被灌注了铅，他内心激烈交锋，到底该怎么办？

"这是个好机会，赵警官被人缠住了，我可以逃了，可以去看我儿子了！"

"不不，我要是这样跑了，怎么对得起他们！我这双眼睛是他们治好的！"

宿敌：白夜星辰　　　　　　　　　　　　　　　　163

"可是如果我出手帮忙，那可是组织里的要员，我叛教要死的啊！"

"我要是跑了，我这辈子才彻底完了！"

宋宝飞内心翻覆半天，终似打定主意，提脚要跑。他刚跑出了两步，听见赵渝发出一声喊，便停下了脚步。这警官虽说是为了工作才跟上来的，可是他大可不必如此贴近岳大春，他只需要跟踪他们即可，也一样能钓出大鱼。而宋宝飞被岳大春救走，却根本没法交出涂孟辛的名单，横竖都是个死，他心中隐隐觉得，赵渝是为了救他才上了那天岳大春的车。

宋宝飞长吸一口气，对自己说，赵警官答应了我，要带我去见我儿子！

人和人之间的信任就是如此奇怪！

宋宝飞转过头来，也不知道哪里来的勇气，他抓起地上一张木凳，用力砸向那杀手后脑。

那杀手吃痛之下，手上力量自然分散，赵渝瞪大眼睛，豁出了全力，掰开对方掐脖的手，飞起一脚，将他踢了出去，对方滚了两下，扎进了一团草垛之中。

赵渝这一脚用了全力，他失血已经过多，不敢贸然主动出击，又不敢露怯，只能死死盯着那草垛里的动静，寻思若对方复又冲上来，该如何是好？

赵渝给宋宝飞一个眼神，快去找找掉地上的枪。

警枪就掉在离宋宝飞脚下不远处，他猫着腰爬了过去，眼见就要捡起警枪。

蓦地，宋宝飞大叫一声，从后颈到后背，被人砍出一道口子，鲜血迸溅，他应声而倒！

宋宝飞和赵渝眼里充满了不信和惊惧。

只见宋宝飞背后走出一个人来。

那人走到赵渝面前，高高举起了长刀。

赵渝咬着牙，喊："大春儿你要干什么？"

高原的月光照着岳大春阴森森的脸，他一字字道："你是不是一直都在等我？"

宋宝飞惊恐的眼睛瞪出血来："你就是——'老头'？"

⟨23⟩

鞋柜里的秘密

去年的视频很快就看完了,顾动和罗田一个画面也没落下。

"找到了!"罗田大声喊。

找到涂孟辛了,涂孟辛在一年前的视频里出现过!

大家围了上来,那天是7月4日,涂孟辛走进了银行大厅,他仿佛和保安说了两句什么。

"他是在说什么呢?"罗田自言自语道。

"摄像头太远了,听不清。"干警把音量调到了最大。

只见视频里涂孟辛把帽子压得很低,他走到了大堂里,坐到了等候区的椅子上。

时间一分一秒过去了,整整30分钟,涂孟辛百无聊赖地在等候区玩着手机。

"他是在干什么?"顾动问。

罗田说:"他估计是在等号办业务。"

"不对,当天的数据里并没有他办业务的记录,那个'刘子娟'的保险箱，也不是以他的名字办理。"

"那他在干什么？"

顾动摸着下巴："他自然是雇了别人，帮他办理保险箱业务。"

果然，画面里出现一名陌生男子，走到涂孟辛面前，二人相视点头，涂孟辛示意他可以出去了，那男子便快步走出了大厅。

"可是，保险箱存好之后，涂孟辛也没走！"罗田看见画面里涂孟辛又坐了回去。

"他是在等人！"顾动说。

罗田眼睛都要盯进电脑屏幕里了，他直直地看着视频："他到底在等谁？"

顺着涂孟辛的眼神看去，他一直在玩手机，蓦地，大堂经理走了过来，他抬起了一次头。

涂孟辛在银行大堂坐了很久，终于走出了银行大厅。

"这能说明什么？"罗田道。

顾动道："这什么都说明不了。"

"那我们还是没有进展？"

顾动不说话了。

一年前涂孟辛来过这个营业部，雇人帮他用别的名字，为刘子娟办理了保险箱业务，可是他并没有急于离去，他等了很长很长时间，长得不太正常。

难道在这个营业部，他还有别的事儿，或者在等别的什么人？

顾动抓起了电话，问干警们排查涂孟辛案发当晚进入客栈的人员情况。

干警说已经把那个时间段路口拍到的所有车辆都找到了，至于每台车上的人，却还需要时间。

现在专案组兵分两路，双管齐下，赵渝将计就计，去钓出幕后的敌人，而顾动这组则需要尽快找到涂孟辛那枚口令卡。

营业部的视频都看完了，所有数据也都调了一遍，顾动只得再次请来林双，看看有什么遗漏没有。

涂孟辛到底在等谁？到底在干吗？

顾动闭上眼睛，揉了揉自己的太阳穴，他将思维放飞，整个人像是回到了涂孟辛案发的现场。

他漫步走进了案发的房间，房间里一片狼藉，宋宝飞刚刚和涂孟辛进行了缠斗，二人因为涂孟辛侵吞经费而反目，涂孟辛被宋宝飞推到了阳台护栏前。

阳台护栏崩塌，涂孟辛掉进了山崖。

宋宝飞那胆小鬼连滚带爬的跑出了房间，门没关，有第三个人走了进来。

涂孟辛的孩子在楼下听见了"嗒、嗒、嗒"的声音。

顾动相信，这人多半是个女子，穿着一双漂亮的高跟鞋。

蓦地，会议室外响起了林双的脚步声。

嗒、嗒、嗒……脚步声把顾动带回了现实里，顾动猛然惊醒。

顾动转过头，就看见林双俏生生地站在会议室门口，拎着一袋咖啡。

顾动彻底发神了，他看着林双的鞋，一直没说话。

罗田问："顾头，怎么了？"

"罗田！快，重新放一遍刚刚的视频。"

罗田重新播放涂孟辛在大厅里的视频，只见涂孟辛低头玩手机，一副百无聊赖的样子。

"怎么了，顾头？"罗田问。

"你看他在干什么？"顾动道。

罗田道："他在玩手机啊。"

"不是，他没有一直在玩手机！"

"哦，他有抬过头，抬过……一次，两次，三次！"

顾动目光灼灼道："他为什么要抬头三次？"

罗田仔细看着视频，没有发现其中特别之处。

顾动一字字道："他每次抬头，都是因为大堂经理走过他身边！"

罗田道："他认识大堂经理？"

"不是！"

罗田一头雾水，完全没跟上顾动的思路。

顾动转头问林双，道："林双，我想知道一件事！"

"请讲。"

顾动指了指林双脚上的鞋："你们的女员工，上班都必须穿这样的高跟鞋吗？"

林双道："是的，这是我们的统一规定，在大堂当班的时候，就必须穿高跟鞋。"

顾动指着视频，说："能帮我查到和这位大堂经理同一天当班的女员工吗？"

林双很快就调取出了去年7月4日在大堂当班的女员工记录表，说："都在这，你要干什么？"

顾动道："我想去看看她们的更衣间。"

林双领着顾动和罗田，径直去了四楼向东的房间，那里是女员工的更衣室，房间里立着三排铁皮柜。铁皮柜是用于存放私人用品的。

"顾动,你要看什么?"林双不解地问。

顾动请林双帮个忙,告诉他去年7月4日在大堂当班的女性都有谁,她们的鞋柜都在哪。

林双指了指各个角落:"这儿、这儿,还有这儿,那天在大堂当班的,共有六名女性。"

"和视频里这位大堂经理身高、体重相仿的呢?"

林双想了想,道:"有三位。"

"那请帮我打开看看她们的鞋柜。"

林双走了过去,弯下身,打开了第一个鞋柜,鞋柜里放着跑鞋、运动鞋,乱七八糟的袜子。

顾动皱起了眉,看来这位妹子是位运动达人。

林双又打开了对面的鞋柜,里面放着一双短靴、一双运动鞋、一双拖鞋。

"顾动,这有什么不妥吗?"

"没,这二位的鞋柜,很正常。"

林双更疑惑了:"顾动,可以告诉我,是要找什么吗?"

还剩下最后一个鞋柜了。更衣室的窗户斜斜透下来一道光,光束里的灰尘飘扬,角落里的鞋柜在暗处显得特别诡异。

顾动盯着暗处那最后一个鞋柜的柜门,一字字道:"如果没猜错,打开这个柜子,里面将全部是同一款式的高跟鞋。"

〈24〉

摊牌

赵渝盯着岳大春,心里却骂了张小婧一百遍,你怎么就跟丢了呢!

所谓引蛇出洞,蛇是已经引出来了,可是说好的一大队捕蛇人……就只剩赵渝还有半条命,外加一个饵料宋宝飞。

赵渝琢磨了下岳大春的所有举动,原来这二货已经提醒过自己了:"只有'老头'会亲自来接应宋宝飞,这是规矩!"

他们本意是要设个局,把"老头"勾出来,没想到岳大春就是"老头"!

真是万万没想到,岳大春这二货竟然是"老头",赵渝突然有一种智商受到了侮辱的感觉。他立马反应了过来,刚刚窗户全部被封住,只能是岳大春自己搞的鬼,他让人扔燃烧弹进来,在危急关头逼问宋宝飞,宋宝飞这怂货果然吐露真言,自己根本没有搞到涂孟辛的名单。

那岳大春也就不客气了,反正他对自己的车技有自信,他相信跟在后面的那队警察，没那么容易跟上他，况且，他算准了那场山雨，在如此复杂的地形和天气之下，他坚信自己已经甩掉了跟在后面的人。

也就是说，赵渝本来是要设局的，没想到岳大春扮猪吃老虎，把赵渝彻底孤立了，没有援军，身旁还有一个横竖要死的宋宝飞，既然宋宝飞已经确认了他的手上没有名单，那还讲究什么，可以直接撕下面具，兵刃相见了。

他们的目标是制造"恐惧"，要是成功了，这会成为"经典之作"：从警方手里劫走人犯，残酷行刑清理门户，并且还搭上了一个在职警察，这"恐惧"效果绝对足够震撼。

唯一美中不足的，是赵渝居然要"救"岳大春。就在第一个燃烧瓶扔进来的时候，赵渝的第一反应是扑向岳大春，他扑倒了他这位发小，生怕他受伤。

岳大春高高举起长刀的手，就因为这一瞬间的感慨而缓了缓，赵渝这家伙从小挺关照自己的，那会儿在铁厂大院里，两人有什么好东西都一起分享。岳大春早就把良心喂了狗，可是赵渝适才本能地护住他，这让他内心突然生出一阵犹豫。

岳大春背后围上来三名黑衣人，身材体型与刚刚和赵渝夜斗的高手差不太多，一个已经如此棘手，又来了三个！

赵渝设计要诱捕岳大春，不料自己被围了。月光照到宋宝飞那绝望的脸，他因为受伤变得脸色苍白，宋宝飞气喘吁吁道："老赵，你答应我的事，可他妈别忘记了啊。"

赵渝气笑了："这都什么时候了，还是先顾命吧，成，等我们都扛过这关了，把你儿子叫上，我请一家子吃火锅！"赵渝说完，突然心生悲戚，希望自己能兑现吧。

172　　　　　　　　　　　　　　　　宿敌：白夜星辰

他转头喊道:"大春儿,你个王八蛋,当年要不是老子分饭给你,你活该饿死在雪地!"

他看出了岳大春的犹豫,他喊这些话,是在争取时间,他需要凝聚一口气,把体力全部凝集起来,然后设法逃生,哦不,他还需要救走宋宝飞,这可比自己一个人逃生难得多。"可是不能不管宋宝飞啊,我们是警察!"

"别扯这些没用的!"岳大春面容狰狞起来,可是手上的长刀迟迟没有下手,后面的三个黑衣人都看不下去了。

"老大,我来!"

"我来我来,我今年还没沾过血!"

一名黑衣人夺过岳大春的长刀,猛地向赵渝劈了下去。

赵渝心中暗道:"我还要回去娶顾婷呢,怎么可能就死在这里!"他大喝一声,抓起地上摔碎的木凳脚,横着去挡长刀,长刀重重砍入了木凳之中。

借着这一挡之力,赵渝已经侧身闪开,他甫一闪避,回身就是一记猛踢,正中目标肩部。目标向后疾退,重重撞上岳大春和后面的黑衣人。

赵渝一招得手,他向前一扑,已经抄起地上的警枪,他不敢恋战,抓起宋宝飞,此时天时地利均不占,犯不着和敌人缠斗,先跑出去再说!

赵渝快步跑到一处矮石墙旁,这石墙背后乃是一跳小河,他先把宋宝飞推过墙去,一声"扑通",他隔着墙壁听见响动,心想宋宝飞这王八成功落水了。

然后自己一纵跃,便拟翻出。就在此时,一名黑衣人已经欺近,接着月光,赵渝看清来势,举枪就是一发,手枪在手里退了一退，响亮的枪声撕破了夜空，那人应声而倒。

赵渝一枪退敌，震慑效果大于杀伤效果，余人皆不敢前，他翻身越墙，又一声"扑通"的水声，他感觉腰下一凉，这河水好冷！

水流快速向下，二人一前一后，随波而去。

草垛中钻出一名高大男子，正是被赵渝一脚踢飞的罗特。

赵渝那一脚出了全力，又踢在要害处，罗特缓了半天才缓过劲来。

岳大春站立在罗特身旁，神态顿时变得毕恭毕敬。

罗特摸了摸脸上的伤，又摸了摸后脑勺，这宋宝飞是吃了豹子胆，敢偷袭自己！

岳大春问："怎么办？"

罗特冷冷道："追，我要他们生不如死！"

他话音刚落，众黑衣人纷纷翻了出去，跳入河中，追击而去。

罗特看着岳大春："你也去。"

岳大春道："我是'执行长'。"

罗特一字字道："从你刚刚犹豫要不要杀那警察小子的时候，你就已经不是了！"

岳大春不说话了。

罗特抓起了他的衣领："要么把他尸体拿过来，要么我把刚刚的事说给'布道长'。""布道长"即是灵魂导师金宰佑。

一想起各种可怕的死法，岳大春不由得打了个寒战。

"还不快去！"罗特瞥了一眼众人追击的方向。岳大春发一声喊，也翻过了石墙，跳入了河水里。

赵渝和宋宝飞在河水中急行，也不知道被冲走了多远，夜晚的河水冷得刺骨，他二人冻得直哆嗦。赵渝看了看天上月色和周遭山势，辨明方向，再往下走，就要落入水电站里边了，他心中已经有了计较，到得一个回水湾处，在赵渝指示下，二人赶紧抓住了横在河道上的树枝。

二人受伤后体力不济，脑子却还清醒，那帮恐怖分子沿着河道追击过来，很快就能追上自己，这可不妙，得赶快找个地方隐藏起来。况且，这河水寒冷刺骨，在水中待久了有生命危险。

赵渝二人抓着横枝，向侧岸爬了过去，二人上岸后，大口大口喘着粗气，宋宝飞失血过多，脑子已经有些迷糊了。

"宋宝飞，宋宝飞，你清醒点，可别死这儿啊。"

宋宝飞喘着气，突然道："我这眼睛手术后什么时候复查啊？"

赵渝也喘气道："怎么突然问这个？"

"我留个念想啊。"

赵渝笑了："陆教授说了，一个礼拜以后复查一次，如果愈合得好，就半个月后再复查！"

"是吗？也就是说你还能押我外出两次呗？"宋宝飞眼神开始涣散，进气都有些困难了。

宋宝飞道："我现在特别想告诉你一件事。"

"什么？"

"我一点都不怕死。"

"哦？"

"可是我特别后悔，我特别后悔过去的事。"宋宝飞说着，竟然哽咽起来。

赵渝心中一宽，他知道自己这些日子终于把宋宝飞感化了，他们终于战胜了宋宝飞心中的魔性。郑新立说过，对待这些极端分子，从思想上、灵魂上感化他，才是真正的胜利。

赵渝道："别他妈哭了，死不了，等复查眼睛的时候，我还押着你去。"

宋宝飞道："我真的没拿涂孟辛的口令卡，如果你们没找着……"

蓦地，一阵沉重的脚步踩碎了河岸上的枯叶，发出了肃杀的声音。

这帮人来得好快，光听声音就知道二人又被包围了，当先的岳大春拉动了枪栓，这是来福猎枪的声音。死亡的气息从黑夜里蔓延开来，像是张牙舞爪的野兽，张口欲噬。

宋宝飞猛地拉住了赵渝的袖子，压低声音道："如果你们没找着，一定是被一个婆娘拿走了！涂孟辛私吞经费，有个同伙！"

所谓人之将死，其言也善，宋宝飞终于吐出了隐瞒的重大线索。

"她是谁？！"

"你听我说……"宋宝飞说话吃力极了。

敌人已经围了上来，赵渝已经来不及问宋宝飞到底是哪个婆娘了，现在得先稳住局势。

赵渝拉起了宋宝飞，躲到了一棵歪脖子大树后面，他们现在占着河岸的高地，他定睛一看，只见对方七人已经从不同方向围了上来，人人都带着热兵器。

赵渝摸了摸配枪，里面还有五发子弹，对方来了七人，子弹铁定不够，双方高低相望，看来得有一场殊死较量了。

他抓起了兜里的纸飞机吊饰，那是顾婷第一个月实习工资买的，寓意是不管两人分在何处，只要扔出这只纸飞机，就能把思念送达对方。

赵渝把它戴上了脖子。这是他有生第一次。

他对纸飞机说："等我。"

枪响了。

岳大春率众开始对赵渝进行突袭。

赵渝还了两枪，就蹲下了，这根本没法继续打，四面八方的火力压制，他们俩藏身的大树都要被削平了。

赵渝窝着火，他把宋宝飞按到了身侧，这是一个基本的保护动作。宋宝飞绝望地看着赵渝，赵渝问："瞎子，你还有啥要给我说的吗？"

宋宝飞颤声道："感谢！"

赵渝道："别感谢我！"

宋宝飞道："涂孟辛吞经费我是知道的，我虽然不知道成员都有谁，可是我知道他们还有一个秘密之中的秘密，涂孟辛告诉过我……这帮人背后还有人。"

赵渝问："什么叫'背后还有人'？"

宋宝飞又昏迷过去。

赵渝心下一横，喊："岳大春，我给你半分钟时间考虑投降……"

岳大春甩手又是两枪，打得沙石飞溅，看来根本就没想过留活口。

"我开始倒数了啊！"赵渝回了一枪，击中一名凶徒，他接着喊，"三十、二十九、二十八……"

岳大春冷酷一笑："你有几发子弹，敢口出狂言？"

赵渝喊："你是不是忘记了小时候玩过的猫捉老鼠？"

岳大春愤愤道："这次掉进陷阱里，猫也死定了。"

"你从小总是输，怎么还不长进！"

岳大春惊觉周围氛围突然不对劲，赵渝这种轻松自若的感觉，和小时候太相像了，这就是一种猫捉老鼠的感觉！

蓦地，警灯闪烁，警笛齐鸣。

"不许动！不许动！"张小婧率队从四面八方冲了上来。

张小婧来了，带着一队荷枪实弹的特警。岳大春等人慌了神，负隅顽抗了片刻，就被迅速解决掉。

赵渝从掩体背后冲了出来，道："到底是谁掉进陷阱里了？"

岳大春实在没想明白，明明就甩掉了张小婧等人，他们怎么来得如此之快？

实际上，张小婧通过快速走访，迅速突出了县城周边几个挖币厂，这些厂子一般都是灯火通明没日没夜地挖比特币，可是独独就是岳大春这间今天晚上黑灯瞎火，这引起了张小婧的疑心，当她派出侦查员抵近侦查时，就听见了赵渝的枪声。

是警枪，没错。

彼时的赵渝借着这一枪之威作为掩护，翻身跳入了河道之中。

张小婧反应奇快，立马兵分两拨，一路人手突袭岳大春的挖币厂，自己亲带一路人手从河道两侧追了下来。

岳大春情知大势已去，大喊一声，调头就往树林深处钻了进去。

"把他交给我！"赵渝一马当先，追了上去。

⟨25⟩

高跟鞋

最里面的鞋柜打开了。

跳入所有人眼帘的,是两排样式相仿的高跟鞋。

涂孟辛的购物数据里,几乎每个月,都有购买高跟鞋的订单,而且每双鞋的样式都相仿。

从心理学角度来说,每个女人都有自己的恋物癖好,有的喜欢项链,有的喜欢口红,喜欢高跟鞋是一种常见的女性恋物癖好,而男性喜欢的东西更五花八门。

"这是谁的柜子?"顾动问。

林双看了看柜子的工牌,道:"司敏。"

"她人呢?"

"几天前向单位请了年假。"

涂孟辛刚死,人不见了,哪有那么巧法?

"她大概率就是最后一个进入现场的人!"顾动一拍桌子,"找到她!"

这个叫司敏的女人，极有可能和涂孟辛保持着亲密的关系。罗田这下明白了顾动的推理。涂孟辛于去年7月4日在这个银行雇人给刘子娟办理了一个保险箱业务，然后他坐回了等候区，他继续留在大堂，这是在等人。

他低头玩手机，其间大堂经理从他身边走过，他抬头数次……他不是认识大堂经理，而是熟悉这种脚步声。

他听见了这种式样高跟鞋的声音，以为是等待的人出现了，所以，他抬头观望。涂孟辛久等不到，这才快快回家。

顾动道："假设这人是第三个进入涂孟辛凶案现场的人，目的是翻找东西，她在现场完成自己的目标之后，还清理了现场痕迹……我们换个思考角度——连作案都穿着高跟鞋，这人是典型的恋物癖！"

结合涂孟辛的购买记录，顾动大胆刻画，打开她的鞋柜，一定全是这样的鞋子！

此刻司敏在何处？

她在自己的公寓里安静地打开了自己的电脑，她插入了涂孟辛的口令卡，验证完身份，把最后一笔截留的经费转到了自己的账下。

她拿起了一个水晶摆件，把口令卡砸得粉碎，然后起身拖起了一个小小的行李箱，行李箱里有一张出国的机票，她打开了房门，楼道外已经约好的车辆正在等待着她。

司敏神色有些紧张，把帽檐压得很低。她穿着一双绛紫色的高跟鞋。无论从哪个角度来看，她都是一位贵妇。司机下车给她开门，她很优雅地坐到了后排。

车辆启动了，目的是锦川国际机场。

她摇起了窗户，闭上眼，让帽子把车窗外的阳光挡住，思绪仿佛回到了涂孟辛死的那个晚上。一切都是那么顺利，一切都是按照自己的计划在进行，等她去到别的国家，用钞票换取一个新的身份，就能摆脱过去的一切，开始新生活！

车辆在一处十字路口停下，一名交警走了过来。

司敏警惕起来。

"师傅，请出示您的行驶证、驾驶证。"交警礼貌地说。

网约车师傅依言出示了证件。

交警又问："是去哪儿啊？"

司敏感觉自己全身是汗，所谓做贼心虚就是这样的状态，她将手伸进了自己随身的提包里，包里有一把伸缩的刀具，她摸着了武器，感觉心跳更快了。

"我违章了吗？"司机反问。

交警看了看后座，司敏把帽子压得更低了，该死，这师傅和交警啰唆个什么！

"没，你是去机场吗？"

"对，送客人去机场。"

"是国际航班吗？国际航班走东港路进航站楼。老路在维修，桥上管制了。"交警把证件还给了师傅。

司敏握刀的手终于缓缓松开。

"谢谢，谢谢啊，交警同志。"师傅接回证件，一脚油门改道而去。

阳光洒到她的脸上，她的鼻子，她的眉毛，侧影显现出一个美丽的弧线，她画着精致的妆容。

车辆很快就要抵达机场，阳光之下，远处的飞机陆续起飞，她的心也似早早地飞上了蓝天。

蓦地，她觉察出一丝异样。

国际航班航站楼入口太冷清了。冷清得有些罕见，只有三五旅客逗留，航站楼前的一对情侣在惜别，两名男旅客在抽烟。

她的代号叫"火狐"。她也是金宰佑的信徒，她从组织那里学到了很多单兵作战的技能，她本能地感觉到危险，这是动物靠近陷阱周围的感觉。

她抬头看了看那对惜别的情侣，这情侣有些不正常，那小女生明显就不太愿意把手搭在男生肩膀上，女人和男人之间的肢体感觉，她非常熟悉，这就不是一对真的情侣。

她又看了看那两名抽烟的男旅客，两人的眼神始终都没认真看过对方，嘴里有一搭没一搭地聊天，好像是在聊昨天的球赛，其中一个抽烟的男子根本就没有把烟吸进肺里，在口腔里转了转就吐出来了。

"女士，您是哪个国际航空的入口？就停这儿行吗？"司机师傅问。

司敏仿佛没有听见，她的目光还盯在航站楼外的那几个旅客身上。

一名维持秩序的机场安保走了过来，向司机师傅行礼："师傅，这里停车三分钟，不能太久啊。"

师傅摇下了窗户："好勒，我这送旅客，马上就走。"

"不对！"司敏大喊："快走，师傅！快走！"

还没等司机师傅反应过来，那机场安保人员已经快速将手伸进了车窗里边，他轻轻一扣，把车门反锁打开，然后用力一拉，把司机师傅拖出了驾驶室。

"别动！别动！"顿时，此起彼伏的喊声响起。

那惜别的小情侣，那聊球赛的男子都冲了上来，将车辆团团围住。

聊球赛的男子自然是罗田，他高声命令司敏自行下车，不要有任何抵抗的想法。

实际上，在犯罪学的统计经验来看，男性犯罪多具有暴力性、突发性，而女性犯罪多呈智力性、隐蔽性，在面对抓捕时，女性犯罪嫌疑人进行激烈抵抗的程度和概率，也远远低于男性。

罗田依然不敢大意，金宰佑的门徒都有点神叨叨的，可别阴沟里翻船，他持枪对着后排，喊："把手提包扔出来！"

司敏握住了提包里的武器，她看了看局势，松开了握住武器的手。她看了看天空上起飞的飞机，她长叹一口气，把手提包扔出了窗外。

她从衣兜里掏出了一个化妆镜，理了理自己的妆容。

车门打开了，一只穿着漂亮的高跟鞋的脚从车上走了下来。她迎着阳光，浓烈的妆容依然夺目。

对司敏的审讯一开始并不顺利，顾动把审讯组撤了下来，自己领着罗田和一名女干警亲自上阵去问。

司敏承认自己认识涂孟辛，只说涂孟辛是自己的追求者，她和涂孟辛有着亲密的关系，二人是两年前开始相恋，不，应该说是涂孟辛疯狂追求她。涂孟辛在她身上花了很多钱，二人享受着物质带来的刺激和乐趣，醉生梦死，永远不知疲倦。

顾动拿出了一枚戒指，慢慢把玩起来："老涂可真是个情种，这些年在你身上花了不少钱啊。"

"男欢女爱，你情我愿，难道犯法吗？"

顾动缓缓道:"你知道这个世界上最可怜的是什么吗?"

司敏笑了:"小兄弟,我谈恋爱的时候,你还在读高中吧?"

顾动道:"我一直以为,有的人经历了风霜世事,会变得更懂人情冷暖,看来我想错了。"

"你想说什么?"

顾动看着她,一字字道:"我想说的是,这世间上最可怜的,并不是痴心错付,而是当时惘然,老涂这样的人,多半你遇不上第二个。我们在你供职的银行里,找到了老涂留下的保险箱。"

他拿着手上的戒指,灯光下戒指闪闪发着光。司敏不说话了,顾动的话像一把重锤猛烈地敲打她的心,她突然沉默了下来。

顾动把戒指放到了一旁,从桌子底下拿出一包证据袋,袋子里装着一枚被砸碎的口令卡。

"知道这是什么吗?"

司敏的眼皮跳了一下:"不知道。"

"你是不是以为砸掉这张口令卡,就能掩盖一切?这是从你家里搜出来的,上面不光有你的指纹,还有涂孟辛的指纹。"

司敏垂下了头,顾动缓缓道:"老涂很胆小,他自然知道侵吞经费是什么后果,他能把所有都给你,可是,你是怎么对他?你把他推向了深渊!"

司敏哽咽了起来,她终于崩溃了,她看着顾动手里的戒指,两行热泪流下,她不知道涂孟辛原来已经准备好了给自己的戒指,她已经回不了头了!

犯罪嫌疑人的心理一旦被攻克,审讯就顺利了起来。司敏终于交代出了一切,涂孟辛和司敏挥霍无度,最终入不敷出。于是司敏提出了侵吞"组织"经费的想法，涂孟辛一开始胆小畏惧，可是架不住司敏的攻势，最终吐露了自己持有一枚可以截留"组织"经费的口令卡！

有了这张口令卡，"组织"源源不断的经费可以打到涂孟辛的手上，这让司敏不能不动心，涂孟辛有过犹豫，毕竟侵吞经费，很可能招致杀身之祸，可是对司敏来说，并没有什么关系，她继续像吸血鬼一样压榨涂孟辛。

有些贼船，一旦上船，就很难下船。涂孟辛的心理变化源自一年前的某天，他幡然醒悟，想要从事正当的职业，有一些正当的营收，为了自己的孩子和司敏，他想摆脱现在的生活。

他开始着手打造他的客栈，客栈的生意慢慢好了起来，他开始逐渐远离宋宝飞等人。

不料司敏欲壑难平，准备对涂孟辛取而代之，一个恶毒的计划冒出了她的心里。

"涂孟辛的阳台护栏，是不是你做的手脚？"顾动问。

司敏答："是。"

"为什么？"

"我和涂孟辛好了之后，发现涂孟辛有个习惯，他喜欢靠在阳台护栏上抽烟，我想制造一个意外。"

"你想制造一个意外？"

司敏眼神黯淡，道："是的，我把他护栏的固定螺丝都做了手脚，他总有一天会摔下去。"

"你怎么能确保他哪天摔下去呢？"

"我不能，所以我可以等一等。"

"要是他一直不摔下去呢？"顾动问。

"我等了很久,他一直没有动静,我实在等不了了,我才潜入了他的客栈,躲进了阁楼里,准备等那天晚上在他房间等他,给他一个惊喜,然后把他从护栏上推下去。"

顾动叹了口气道:"可是,你没料到的是,那天他生意一直很好,直到晚上他才回到房间,而他回到房间之后,却又遇上了宋宝飞前来找他麻烦。"

"是,我躲在客栈的阁楼里。我一直在听着房间里的动静。"

"为什么要用这么复杂而充满'偶然性'的方法?涂孟辛信任你,你大可以采用很多简单直接的方法,比如在他饮食里下药?"

司敏冷冷笑道:"他必须是死于意外,我才可能顶替他的位置,如果是我干掉了他,'老头'是不会放过我的。宋宝飞推了涂孟辛一把,涂孟辛掉下了深渊。天助我,结果是一样的。我的机会来了。我在他的房间里翻找,最后找到了口令卡。我要带着涂孟辛截留的最后一大笔钱,然后远走高飞。"

顾动看着她,觉得既可悲,又可怜。

司敏接着道:"我过去以为这个世界上,只有钱才靠得住。"

"那现在呢?"

"现在……我不知道……我能看一眼那枚戒指吗?"

顾动把戒指给了她,蓦地,她发现圈号大小不对。

顾动道:"一年前,涂孟辛就预感到自己可能会有不测,那个时候你们侵吞了金宰佑打过来的经费,他给前妻发了信息,如果有了意外,让前妻去锦新银行滨海营业部找他,他有一个寄存保险箱……"

"这是他给前妻的戒指?"司敏顿时有种上当受骗的感觉,她气得浑身发抖。

顾动微微笑道:"那个保险箱里,是他留给儿子的一笔钱。"

"那这枚戒指呢?"

"我可没说过这戒指和本案有关,"顾动一耸肩,"不好意思,这是我给我媳妇儿准备的。"

〈26〉

收网行动

岳大春是在树林里被捕的,赵渝亲手抓的他。据赵渝自己事后回忆,他当时冲上去,只有一个念头,岳大春是自己发小,绝对不能假手于人,他太了解岳大春了,他生怕岳大春犯大傻持枪抵抗,在乱枪中被当场击毙。即便他穷凶极恶,他也应该得到法律审判。

赵渝也不知道自己在林子里追了岳大春多久,岳大春在慌乱中把枪支都扔到了树林里。

两人终于跑不动了,瘫坐在厚厚的枯草堆上。

"行了,别跑了,后面还跟着这么多警察,你怎么可能跑得掉?"赵渝说。

岳大春说:"凭什么,凭什么啊,从小到大,我都是倒霉的那个,每次都是我输!"

赵渝喘着气,他今天晚上和人凶险夜斗,终于也到了最后力竭的时候,他说:"大春,你想想当年在铁院的时候,我们是好朋友啊，每次你输了游戏，我是不是陪着你一起受罚？"

岳大春犯了浑："我自己选的路，不要谁来陪着受罚！"

他扑了过去，和赵渝扭打一处，二人在枯草堆上翻腾、踢打，像是小时候在铁厂大院里玩闹，不同的是，如今二人已经长大，人的一生有时候面临很多选择的机会，可是有些选择一旦做出，就意味着走向了深渊。

"你醒醒吧，金宰佑那套怎么可能实现得了！宋宝飞就是个例子，你们不过是炮灰啊！"赵渝扭住了岳大春的胳膊，"想想你的家人！"

"导师说了，我们一定会胜利的！"

"发他的春秋大梦，宋宝飞眼睛弄坏的时候，你'导师'口中的神呢？都歇菜了啊？"

赵渝一脚把岳大春踢了开去，岳大春打不动了，坐在地上出着粗气，树林里传来了干警的脚步声。

从脚步声听来，没有十个也有八个特警。

岳大春心知大势已定，再行抵抗已经没有意义，道："都是铁厂的子弟，给我留个体面。"他抓起小腿裤袋里的一把匕首，就往自己心窝捅去。"我自行解决，能进天堂！"

这叫什么体面啊，上个鬼的天堂，这是被洗脑得不轻！赵渝豁出了全身的力气，扑了上去，他试图按住岳大春，那把匕首不偏不倚，插进了赵渝的手腕，他痛得钻心。

赵渝一伸脚，将岳大春踢倒，道："想想你的家人！金宰佑这是把你和他们都推进地狱。"

岳大春口中大喊，充满愤怒和恐惧，不过，任他如何挣扎，这一局他还是输给了赵渝。

干警围了上来,把岳大春铐住。

岳大春押解上警车之前,和同样被押解上另一台警车的宋宝飞打了一个照面。

岳大春恨恨地看着宋宝飞,说了一句:"叛徒!"

宋宝飞指了指包扎着的做完手术的眼睛,一字字道:"这才是我相信的光。"

"你不信导师!"

"对,我已经不信他。"

岳大春一愣,长叹一声,正要开口再说,就被一名干警塞进了警车。

宋宝飞回头看了一眼赵渝,微微鞠了个躬:"你说的,要让我'看到'我孩子。"

赵渝点头:"是,我说的,是'看到'。"

"看到",不是"摸到""听到",是视觉上的,不是听觉上的,也不是触觉上的,法律保障人权,司法的温暖必能医好他的眼睛,让他恢复完整的视觉,看到自己的孩子。司法的公正,也必定让他承担应有的法律责任。

宋宝飞认清了现实,看破了金宰佑那些极端洗脑的思想,"已经不信他",说明他从内心深处大彻大悟,悔罪认罪,他知道自己过去之错误,幸得赵渝顾动等人的挽救与感化。

宋宝飞释然一笑,登上了押解的警车。

主犯终于落网了。

经历了这样一场惊心动魄的较量,主犯终于被抓获归案。

在这一场"越狱逃亡"之中,赵渝等人终于感化了宋宝飞,战胜了金宰佑的魔障。宋宝飞的眼睛在弄坏之前,就有常年的眼疾，他曾经不止一次祈祷，希望导师口中的神能恢复他的视力，甩掉他那厚如啤酒瓶般的八百度眼镜。

金宰佑总是洗脑他们，称自己才是世间唯一的光，要得到自由，必先信他，必先服从于他。

现在宋宝飞终于知道谁是真正的光。中国法律的温暖和良善，足以照亮犯罪角落的每一处阴暗。

只要你生在这个国度，你就将得到一切法律赋予权利的保障，哪怕你一时失足，游走到了犯罪的入口。

随着岳大春落网，很多侦查工作都得到了印证，"骷髅组织"的攻击时间是两天后，地点是锦川万人广场的国际会展中心，方式是自制炸弹和无差别平民袭击；而意图在于向正在国际会展中心召开的"国际反恐怖犯罪学论坛"示威。

那份被司敏砸坏的电子名单，也迅速被恢复出来，名单里的每个人都配有代号，宋宝飞叫"油桶"，涂孟辛叫"算盘"，岳大春叫"老头"，司敏叫"火狐"，其余剩下十人，有人叫"牛头人"，有人叫"豹子"，有人叫"匕首"……各种代号让人看不出规律性。好在涂孟辛的这张口令卡，能迅速揭开每个暗网账号对应的人员信息。

顾动迅速评估当前的形势，首犯已经落网，余人群魔无首，但是袭击的指令已经下达，况且还有一名金宰佑的"行动长"——罗特已经潜入境内。张小婧的小分队直扑岳大春的比特币厂时，罗特已经逃脱。此人抵近指挥，胜负仍然只有半数。

专案组像是一个巨大的机器齿轮快速咬合转动，诸警依照名单里恢复出来的人头线索，逐一抓捕蛰伏在册的恐怖分子。

一场悄无声息的抓捕行动，在夜幕下快速展开。

罗田带着干警冲进一间公寓，代号"牛头人"的家伙正在看球赛，根本没有反应过来，就被警方迅速控制。在其公寓之内，发现大量金宰佑的画像和各种极端文献，罗田将其验明身份之后旋即带走。

张小婧带着干警在一家屠宰场找到了代号"豹子"的踪迹，抓捕过程有惊无险，对方抽出屠宰刀具，企图和诸警进行大比武。张小婧在经过多番警告无效后，为防止其冲入人群，造成无辜伤害，于是果断抓起旁边干警腰间的电击枪，只听一声闷响，电击弹打中目标大腿，瞬间的高压电流让目标彻底失去战斗能力。

顾动抓捕的对象要稍微麻烦一些，乍听此人叫作"匕首"，想必是热衷于冷兵器的极端狂热分子；岂料众人团团将其住地围住时，随行的警犬发出示警的低鸣。顾动警惕起来，命人悄然先从楼顶吊下，在窗口侦察一番，侦察的情况把众人背心都给吓麻了。在不大的出租房内，摆满了自制爆桶。为了避免不必要的伤亡，顾动心生一计，让物业经理给对方电话，声称楼下漏水，请对方下楼查看，以定赔偿责任。目标骂骂咧咧地下得一层楼来，顾动一声令下，干警出手如风，迅速将其按在楼道间。那一间屋子的自制炸桶，随即便被排爆部门解除危险。

两宿没有合眼的反恐副总队长郑新立收到了顾动发来的信息，警方折腾了两天两夜，将金宰佑的飓风死士悉数捕获，唯独那名"行动长"罗特却不见了踪迹。根据赵渝回忆，当晚在岳大春的挖币厂木屋外，罗特和自己有过交手，此人手段高超，完全是特战人士，游走在外面，其危险程度极高。

顾动请郑新立指示，是否需要叫停米山即将主持的大会，或者将大会推后一日，再给专案组一些时间。

郑新立看了看表，告诉顾动："别怕，敌人要打，我们就陪他打。我们推后或者叫停，反倒助长了他们的嚣张气焰，敌人无非是要制造'恐惧'，那我们就让他看到我们的'无惧'！"

大会的警力安防已经完备，足以应付任何突发情况。

郑新立起身拉开了办公室窗户的窗帘，城市正迎着晨曦苏醒，他的身形剪影被初升的阳光投到了办公室背后的墙上，显得瘦瘦高高。

阳光慢慢爬过城市与天空的交界，城市已经车水马龙，远处的国际会展中心正迎着太阳，发着光。世界瞩目的大会即将在此处召开，标志着世界反恐合作的又一里程碑在这座充满活力的城市打下基石。

⟨27⟩

声东击西

"这里是锦川国际新闻为您带来的'国际反恐怖犯罪学论坛'现场,我是今天的主持人米山……"

大会拉开序幕,来自各国的法学界顶尖人士齐聚一堂,在法理和实践上探讨建立一种更新、更适应当前恐怖犯罪形势的合作机制。

米山这位惯于在幕后作业的制片人,在登上这样一个大场面的主持席时,不免有些紧张。好在他得到了自己女神的鼓励,林双告诉他,自己因为出差,不能亲自来现场捧场,可是一定会在直播间观看米山的主持。

米山虽然写了很多书,也有部分小说被改编搬上了电视,可他自己从来没想过要上电视。昨天晚上他有些失眠,和林双手机聊到很晚。他感觉自己已经深深喜欢上黄静的这位闺蜜,等到林双出差回来,他决定要向她表白!

今天早上出发前,米山在家里试了将近一个小时衣服,最终选定了一套修身的藏蓝色西服,当他抵达国际会展中心的节目临时工作间时,黄静已经怒气冲冲地等候多时。

黄静急急叫来化妆师,给米山快速进行定妆。论坛直播旋即开始,米山在出场前,问林双是否在看手机直播,林双发来信息,说自己已经抵达高铁站候车,专门找了一个候车室,准备收看米山的傻样。

米山又问,林双,你什么时候出差回来?

林双发回了一张高铁票返程信息,正好是论坛闭幕那天。于是米山说,那我主持完就来高铁站接你。

相比米山和林双的自在惬意,顾动就没有那么轻松了,他作为现场指挥,在监控中心带着人,盯着每个角落,他绷紧了神经,防止那个消失的罗特再次作恶。国际会展中心的人很多,除了李雅莉教授发起的举世瞩目的论坛之外,同时还在不同的展厅里举行着车博会、农业产品互贸会,可谓人山人海,任何无差别的袭击,都将造成群众的生命伤害和财产损失。顾动深感责任重大。

米山问顾动,这次论坛不会出问题吧?顾动说,放心,有我在。

米山总是在自己的小说里提到自己的口头禅:人若没有梦想,那和咸鱼有什么分别?米山的梦想是作品,是他的小说能有所成就,但他不知道顾动的梦想是什么。

米山站在台上,宣布"国际反恐怖犯罪学论坛"开幕。他心中一种混合了骄傲、自豪、笃定的情绪油然而生,他为自己的师门骄傲,也为自己的同门顾动自豪,他笃定所有危险都将被扑灭。他想起了一句话:你的世界阳光灿烂,是有人为你挡住了黑暗。而每一次轻松自在的分别和重逢,都有人在默默坚守。

宿敌:白夜星辰　　　　　　　　　　　　　　　　　　195

因此，他信任顾动他们。

论坛进行得很顺利，截至第一天的议程收尾，整个国际会展中心范围之内，没有任何异动，也没有任何风险。

原在境外的"骷髅组织"也出奇地平静，一改往日在社交网络上上蹿下跳的作风，就像一种魔法镇住了妖魔鬼怪。

越是这样的平静，越是有些不寻常。

李雅莉教授发起的世界论坛其锋芒所指，正是金宰佑这帮宵小。

虽然顾动他们"按图索骥"，将涂孟辛名单上所有金宰佑的学员全部抓获，可是那名身手高超的"行动长"罗特，却还逍遥法外。

这样的平静，实在有点让人不舒服。

赵渝猛地想起一事，当晚夜斗，宋宝飞曾经交代过一个重要线索，他说他听涂孟辛说过，这帮人背后还有人！

"背后还有人？"顾动问，"什么意思？"

"会不会说的是还有别的人，没有在第一层的名单上，而藏得更深？"赵渝道。

"那就是说可能还有别的行动？那得深挖岳大春！"

顾动急命赵渝再去提审岳大春。

岳大春从关进看守所开始，心态就发生了一些变化，他主动向管教民警提出要求，指名道姓要见赵渝。

赵渝这次提审他，也没空着手，在经过看守所领导同意之后，他带去了一件东西。

一开始，岳大春正对着赵渝，气势汹涌，颇有一种被兄弟背地里踹了一脚的恼火，他恨不得眼神能变成枪，向赵渝打出几发子弹。

对面的赵渝身着警服,气场庄严,迎着他愤怒的目光,和他对峙了几秒,岳大春气势就软了下去。

赵渝道:"我今天来,不是和你叙旧的。"

岳大春依然情绪激动,没有作答。

"罗特在哪?他手上还有人,是不是?"

岳大春冷笑一声:"不知道!"

赵渝拿出随身带来的东西,那是一个陈旧的铁皮饭盒。

岳大春一见着这铁皮饭盒,脸上的肌肉猛地一抽,刚刚那杀气腾腾的气势像是脱衣服一般,迅速褪了下去。

这饭盒是小时候赵渝借给岳大春的,可以说是二人童年的记忆。

赵渝打开了饭盒,饭盒里的饭菜是热好的,几片卤肉和一个煎鸡蛋,配了一些炒白菜。

赵渝道:"我妈还记得你喜欢吃卤肉饭。我申请好了,今天你可以不吃看守所的伙食。"

岳大春眼圈一红,他赶紧侧过了头。

过去的赵渝,是岳大春的发小,此刻的赵渝,代表着国家的法律。

赵渝把饭盒递了过去,又打开了手铐,岳大春端着饭盒,愣愣出神。

"怎么?想用一盒饭就收服我?"岳大春苦笑。

"不!"赵渝看着他,目光灼灼,"我是想告诉你,这个世界上每个人都有属于自己的幸福,就像这一盒简单的卤肉饭,它代表着一种安稳的生活,而极端恐怖活动却是要破坏这种幸福和安稳！你们有什么权利去打扰别人，去破坏别人？只要有人敢挑战这一底线，我们就要和他斗到底！"

岳大春看着饭盒，喃喃道："安稳的生活……安稳的生活……"

赵渝一字字道："'飓风行动'失败了，你的人已被一网打尽。"

"所有人？"

"对。"

岳大春道："你们动作可真快！"

"你们只是金宰佑的牺牲品。"

"我们连炮灰都算不上啊。"

二人不说话了，饭菜该凉了，赵渝一努嘴，示意他先吃饭。

岳大春抓起筷子，狼吞虎咽起来。吃到一半，他突然停下了筷子，卤肉饭还是以前的味道，他猛地抽泣起来，他终于明白赵渝说的"安稳的生活"是什么意义。

岳大春抽泣道："我是不是已经回不了头？"

赵渝拍着他肩膀："不，你还可以回头！告诉我，是不是还有别的行动？"

岳大春沉吟了半晌，猛地抬头，终于做出了重要的决定，他决定坦白。

"我不知道罗特在哪，可是我知道他另有行动。"

"另有行动？"

岳大春沉声道："对，袭击会展中心的论坛只是一个幌子。"

赵渝倒吸了一口凉气，道："你快说清楚！"

岳大春道:"不,也不能说是幌子,应该叫……声东击西。"

"声东击西?"

"我刚刚是不是说了,我们连炮灰都算不上。"

"你的意思是,对会展中心发起袭击……是假的?"

岳大春缓缓道:"'飓风行动'的真正目标,根本不是那群反对金宰佑的各国法学界精英,罗特会带着另外的人,在别的地方进行无差别袭击,我们为什么非要对付那帮精英不可?那会变成金宰佑和他们的私人恩怨,而无差别袭击平民,就不一样了,他们只是要制造'恐惧'。越无辜,越有效果。在大会闭幕的最后一天,就是罗特发起行动之时!"

赵渝目光刚毅,盯着他,一字字道:"时间,地点!"

⟨28⟩

每一次重逢

罗特是昨日潜入市里的,并在一处出租房住下。

承租房屋的是他的一名手下。就是在这处出租房内,他召见了四名死士。这四人根本就没有在涂孟辛的名单上,也就是说,这是罗特可以直接利用的终极力量。

这即是涂孟辛告诉宋宝飞最重要的信息,在名单背后,还有人,还有别的行动。

五人商定了行动方案,并约定了第二天的会合时间和行动方案。罗特宣布了纪律和任务目的,大家要在高铁站外的广场,趁着夜幕降临时,对广场外的人群,发起一次无差别袭击。

罗特传达了金宰佑的"圣谕":"毫无疑问,我们会遇到现场警方的阻止。这并不影响,没关系,即便是有警方,我们依然可以拉响身上的燃爆物,或者挥起砍刀。当我们四五个人形成声势,冲向人群的时候,软弱的平民会像羊遇到狼一般散开,记住,我们只需要制造恐惧,而不是达成任何数量,或者抢占什么地标。我砍杀一个,你燃爆一个,就能带给这个区域的人无限的恐惧。我们如果被警察拿枪指着,请记住,这个时候是燃烧我们生命,并能升入极乐天堂的最好时机,你们要抢先一步——燃爆自己,制造光,获得自由!"

四名死士弯下了膝盖,对罗特顶礼膜拜。他们神色是坚毅的,庆幸自己得到"导师"的终极召唤,终于可以为了"心中的光明而战"。

这帮家伙完全没有意识到这不过就是把他们当炮灰和牺牲品而已。

至于这种无稽之谈是如何对他们进行的洗脑,这可真是一言难尽!"骷髅"害人不浅!

发起论坛的李雅莉教授,将自己毕生精力都用于反抗金宰佑,揭批他的歪理邪说,她就像是一面旗帜,门下学生无数,和"骷髅"组织进行了正义的斗争。

今天是论坛的闭幕日,来自世界各国的专家在法理层面形成共识,新的一个对抗"骷髅"组织的堡垒建立起来。

敌人应该慌了。

金宰佑的"飓风行动",是要罗特制造恐惧,越疯狂,就越心慌。

闭幕日的当天,米山早早完成了主持活动,他约好了林双,得去高铁站接她。

他浑然不知自己即将会亲历一场惊心动魄的事件。

很多时候,人们的习以为常和稳定幸福,并不是天然而来的。

夜幕降临,米山捧着花,拎着零食,和很多在车站接人的市民一样,怀着期待而愉悦的心情,准备去拥抱即将到来的重逢。

没有人知道危险正在靠近。

四名身着黑色夹克的瘦高男子正在人群中缓慢移动，他们都作游客打扮，和正要去搭乘高铁的普通人无异。

在高铁站站前广场的右边不远处，有一个巷道，巷道尽头是24小时营业的KFC。穿过这个巷道，就能抵达高铁广场的"入口"；而进入高铁广场，需要经过第一道安检。

单从安全程度来说，这个城市在方方面面都已经做到了极致。

四名黑衣客是无论如何过不了安检的，因为他们的旅行包里，装着"易燃易爆物"。

领头的人停住了脚步，他的眼神告诉同伴，"入口"不行就换"出口"。

不需要过安检，也不需要进入高铁广场，只要在广场"出口"制造一点阻碍，就能造成人流聚集，然后发动突然袭击，就能达成效果。

而此时的米山已经抵达了高铁广场的出口。因为他不知道林双将从哪个站口出来，所以只能在广场的出口等着林双。很多迎接旅客的市民，也聚集此处，这里是接站的最佳位置。

林双的列车准时抵达，她给米山发了语音，自己穿着一件黑色的毛呢大衣，拖着一个小小的橙色行李箱。米山说，我捧着花，你出来就能看见。林双问，我要是人多找不见怎么办？米山说，我跳一跳你就能见着！

林双出站了，她从12号口走了出来，顾盼生姿，她已经远远看见了米山那个傻瓜，高高举着她喜欢的花——米山人不高，被前面几个市民挡住了，他试图跳一跳，让花举得更高一些。

林双忍不住笑了，米山有时候冒着傻气。她离米山只有一百步之遥，可是她还是发了一个语音给米山：小傻瓜。

当她发完语音，就看见远处出现了骤变。

米山举着花的手垂了下去，他前面的人群发生了一点骚乱。

人群中有人发了疯似的推搡着，一名黑衣旅客对旁边的人无端施暴，拳打脚踢。

也不知道谁尖叫起来，广场出站口顿时出现了混乱！黑衣客的计划成功了，只要在出口处制造一点事端，就会引起混乱。这个混乱哪怕只持续几秒，也足够他们趁着人群拥散时拉响旅行包里的爆炸物。

混乱却比他们想象中来得更大，一名旅客被混乱的人群推倒在地，大喊："杀人啦！"

尖叫声、嘈杂声混作了一片。人山人海的接站口混乱迅速演变为踩踏事件。

就这几秒钟的变化，林双吓傻了，她一颗心狂跳起来，米山可不要出什么意外！

她冲了过去，要去找米山。

而此时的米山已经混入踩踏事件之中，他从人群的缝中看见了奔跑过来的林双。蓦地，他嗅到了硫硝的味道，他的鼻子很灵，几乎是一种异乎常人的能力。

他本能地意识到了危险，他脑中快速闪过那些教科书上、新闻报道里的恐怖袭击事件：伦敦地铁炸弹事件、西班牙马德里阿托查车站炸弹案、莫斯科地铁系统投弹案……

米山大喊："别过来！"

他大喊了两声，声音被各种嘈杂和尖叫淹没。一道绝望的情绪闪过心头，怎么办？怎么办！林双这么奋不顾身地跑过来，会有危险。

他顺着气味的方向看去，只见那制造混乱的黑衣客迎着人群退散的相反方向，却走向了"出口处"，他们放定了旅行包，准备解开。

没人察觉到他们这个不起眼的动作，但这却是致命的威胁，炸掉广场出口，制造无差别死伤，形成重大影响。

米山心中肯定，这几个包里一定是自制的炸药！

用力向那群黑衣客扑过去，可是中间隔着的人群给了他巨大的阻力。他还没跑出两步，就被人群放倒，身上被踩了不知多少脚印。

他彻底绝望了，林双跑了过来，她想要拉开前面的人群，她喊着米山的名字。

他也无力去制止这帮凶徒，他只想在最后关头能握着林双的手，他看向人群里的林双，二人终于找到了彼此。他们想向着对方靠近，可是人群却将他们隔开。

米山长叹一声，充满遗憾。

果然不是每一次分开，都能幸运地重逢。

蓦地，米山听到一个熟悉的声音响起："老同学，怎么这么快就悲观了？"

顾动！

来者是顾动。

一身便装的顾动已经冲进了人群之中。

"不动如山"的"顾不动"来了，希望也就来了！这才是光。

顾动把米山从地上拉了起来，他指着黑衣客的方向。他的手指像是掷出的令旗一般，四面八方的便衣警察趁乱而上，将几名

宿敌：白夜星辰

黑衣客扑倒、按住、制服。

这电光石火间的行动，就在一刹那，没有人看清楚警察是如何行动的。当广场民警拉响警笛喇叭，将人群疏散完毕之时，那四名黑衣客已经被塞进了一台非制式的警车里。

没人知道自己刚刚经历了什么。

一切都像潮水一样退去。

一个突发的拥挤踩踏事件，被素有经验的民警快速处理、疏导。

和广场里有序而平静的疏散工作相对的，是在不远处的另外一场激烈抓捕。

这四名死士当中并没有罗特，罗特不可能以身涉险，他才不会做这种当牺牲品的蠢事。他在远处高楼的天台，拿着望远镜，看向广场，他只需要确认这些牺牲品制造出预想的效果，就可以获得更多经费。

不过他实在低估了中国警方的实力。

当他以为四人即将得手时，他惊慌地看见有便衣迅速扑倒并制服了他们。

罗特扔掉望远镜，准备撤离现场，他设计了一套周密的撤退路线，就和他多年来在国际通缉之下逃脱的方案一样。

不过这一次，他二度低估了警方的实力。

就在他仓惶地逃往高楼背后巷道，正要跳上准备好的盗窃车辆之时，赵渝已经带人等在了此处。

在岳大春挖币厂外面的那场夜斗，赵渝差点就折在了罗特手里。

这一回，他将亲手逮捕这个狂妄分子！

高铁广场又恢复了平静。

广场上的大钟继续向前走动。

无数的人来人往,有人送着所爱,有人迎接未来。

车站的灯光细腻而温暖浮动,像是有些暧昧的月光和夜雨。

米山和林双二人紧紧相拥,林双全然不顾米山身上全是灰土。那一瞬的生离死别,足以击溃所有防线。

米山看了看身后的顾动,投以信任的目光。

顾动给米山说过,请信任我们!

他们已经无数次地证明,在任何时候,都值得信任!

顾动把二人请上了自己的车,说:"明天李雅莉老师就回香港了,一会儿陪她吃个饭。"

坐在后排的米山突然发现前座的后兜里放着一本小说,作者赫然就是自己。

米山问:"顾不动,你还有闲工夫看书?"

"我总不是个机器吧,我总得有休息的时间吧?"

米山问:"你真看过我的书?"

"看过。"

"你说说你最喜欢哪句话?"

"人若没有梦想,那和咸鱼有什么分别?"

三人都笑了起来。

"顾不动,你的梦想是什么?"

顾动凝神看着前方,道:"好好干,我想接郑新立的班。"

"就这么简单?"

"对。"

突然车内沉默了下来,这简单的对答,让米山肃然起敬。

米山突然紧紧握着林双的手,说:"我有个事,需要和你商量。"

林双问:"什么事?"

米山说:"我想和你一起请顾动他们吃个饭。"

林双看着米山,笑着说:"没问题,想吃什么?"

米山笑道:"吃那种要封红包、凑份子钱的饭!"

⟨29⟩

讲故事的米山

故事讲到这儿,我发现大家听得尚可,我也终于在这个酒桌才艺环节圆满交差。

坐我旁边的一位女诗人轻轻一笑,她鼓起了掌来,又倒了四杯酒来,一杯一句,完成了说:"事了拂袖,深藏功名,无名英雄,莫过于此。"

友人问:"后来那恶贯满盈的金宰佑和他的'骷髅组织',怎么样了?"

"罗特是怎么被赵渝抓住的?"

"赵渝和顾婷怎么样了?"

"米山到底是什么人?"

"宋宝飞后来怎么判的?他在最后关头松了手,但由于司敏弄坏了护栏,涂孟辛这才掉下山崖,宋宝飞要不要对涂孟辛的死,承担故意杀人的责任?"

是的,故事的结尾,还有几个重要事项没有交代。

那天在巷道里，赵渝率人围上了罗特，那罗特扫了一眼形势，就知道自己已经落入包围圈中。

当时是，罗特心知大势不妙，往巷道口急窜而去，并劫持了一名无辜女群众，想要凭人质突围。

赵渝随口激将他，有没有种来单挑？上一次二人徒手搏斗，没分出胜负，这次势必要决出生死！

按说赵渝作为人民警察，不该逞个人英雄，但这事最关键的地方在于，罗特若是在巷道里持枪发疯，人质会有危险。赵渝激将他，实则是在给后方远处的狙击手创造机会。

就在二人激烈对话之时，罗特的小腿从人质的身后露了出来，赵渝微微一侧身，狙击手配合无间，一枚子弹将罗特小腿击中，他身形失控，倒了下去，干警一拥而上，将他制服。

赵渝和战友们配合得天衣无缝，罗特将人质挡在身前，却也被赵渝引出了破绽。

赵渝铐住罗特，高声宣布依照中华人民共和国法律对其采取强制措施，要求其配合调查。罗特满脸的愤怒，你没胆，你不是要和我单挑？

赵渝轻松一笑，我是警察，对不起，我抓犯罪嫌疑人，我不斗殴打架。

罗特看着赵渝那轻松自在的神气，真是肚子都气破，他多年来在国际通缉之下成功逃脱，没想到这一次居然会栽到一个年轻人手里。

赵渝抓捕罗特的情节就说完了，这样的小伙子，机智、勇敢、有担当，换作是我也喜欢。

后来我听顾动说，赵渝在这次行动中自然少不了立功受奖。

我问顾动，那赵渝和顾婷后来怎么样了？

顾动说，任务完成后，他和顾婷一起找了个周末去重庆旅游，在两江夜景的游船上，赵渝送了顾婷一个首饰盒，顾婷开始误以为是求婚的戒指，结果打开一看，是他的一枚个人立功勋章。

从今往后，我的勋章都归你——这样的浪漫真是别致。

至于二人的异地恋，最后以赵渝调入锦川市公安局得以解决，有情人终成眷属。

我又问顾动，金宰佑和"骷髅"怎么样了？

根据罗特的口供和交代，国际刑警组织掌握了金宰佑的藏身之地，并将其绳之以法，等待他的将是正义的审判。

我又问，那你父亲眼睛怎么样了？还有你们一家老小的各种事儿呢？

顾动说，嗨，好着呢！顾婷的愿望都实现了，她考入了医学院任教，赵渝的调动也解决了，老爷子自行排到了陆教授的手术期，手术非常成功，现在已经恢复了……我儿子也好着呢，嗨，虚惊一场，已经治好了……我妈妈身体也好着呢，每天广场舞不间断啊……

那你呢，顾动？你的愿望实现了吗？你接到郑新立副总队长的班了吗？

顾动笑了起来，我？我还那样啊，三十几岁的男人，活得像条狗。

我笑了，做自己喜欢的事，起码是快乐的狗！

至于大家问到的宋宝飞和司敏、涂孟辛的这个故意杀人案，这可真是足以成为一道法考的题目！

宋宝飞本意是要杀涂孟辛，后来他主动选择了停手，停止了将涂孟辛推向护栏之外，他的行为是在明明可以继续实施犯罪之时，主动放弃继续实行，构成了犯罪行为的中止。

在宋宝飞松手之后，涂孟辛并未死亡，系因司敏在护栏上做手脚，这才坠入山崖。司敏本身具有主观上积极追求涂孟辛死亡结果的故意，即便涂孟辛是在阳台抽烟也好，晾衣服也罢，都处于可能发生死亡的危险之中，涂孟辛的坠崖结果和她的行为具有因果关系，她将承担犯罪既遂的法律责任。

刘子娟领走了儿子，把孩子接到了广东，听说后来生活很美满。

故事讲完了，挺好的，这可真是圆满的结局，我实在不擅长写悲剧，人间已多磨难，何必非要悲观？这一场惊心动魄的故事之后，我更加坚定了这个想法。

但愿世间的所有故事，都能有个圆满的结局。

为了这个想法，我会继续创作下去。

大伙轮流表演了酒桌才艺之后，"文艺局"终于散场。

走出酒店时，天空繁星正盛，一道星辰当空，天朗气清，无比惬意。

我突然觉得，顾动、赵渝这些年轻人，不正是"黑夜里照明的星"吗？

这可真是老套而蹩脚的比喻！

当然，讲述他们的故事，需要接近他们，感受他们，了解更多素材，但是这也就意味着会直面很多违法犯罪，这都是社会的阴暗面，久而久之，必会沾染负面情绪。要继续讲故事，这当然需要一颗强大而自定的内心。如果在这个过程中，我稍稍想要放弃，我想请这些"黑夜里照明的星"，能给我多一些启迪。

一两颗、三四颗星，显然是不够的，那就——请借我一道星辰，让我独自把故事讲下去。

友人突然问我："对了，你最开始不是说，你卷入了这个案件之中吗？你是故事里的哪一位？"

"嗨，这都没猜到？"

"你给点提示吧。"

这是故事里一位小说家的口头禅。"好吧，"我摸着下巴，"人若没有梦想，那和咸鱼有什么分别？"

谢谢大家，我是讲故事的米山。

（故事完）